MENINA VENENO

CARINA RISSI

MENINA VENENO

1ª edição

— Galera —

RIO DE JANEIRO

2017

CIP-BRASIL. CATALOGAÇÃO NA PUBLICAÇÃO
SINDICATO NACIONAL DOS EDITORES DE LIVROS, RJ

R483m

Rissi, Carina
    Menina veneno / Carina Rissi. - 1. ed. - Rio de Janeiro: Galera Record, 2017.

ISBN: 978-85-01-10938-5

1. Ficção brasileira. I. Título.

CDD: 028.5

CDU: 087.5
17-39653

Copyright © 2016 por Carina Rissi

Todos os direitos reservados.
Proibida a reprodução, no todo ou em parte, através de quaisquer meios.

Texto revisado segundo o novo Acordo Ortográfico da Língua Portuguesa.

Projeto e composição de miolo: Renata Vidal
Ilustrações adaptadas no miolo: Freepik

Direitos exclusivos desta edição reservados pela
EDITORA RECORD LTDA.
Rua Argentina, 171 - Rio de Janeiro, RJ - 20921-380 - Tel.: (21) 2585-2000.

Impresso no Brasil

ISBN 978-85-01-10938-5

Seja um leitor preferencial Record.
Cadastre-se e receba informações sobre
nossos lançamentos e nossas promoções.

Atendimento e venda direta ao leitor
mdireto@record.com.br ou (21) 2585-2002.

EDITORA AFILIADA

Para Adri e Lalá,
os dois maiores fãs de Malvina Neves.
(Isso me preocupa um pouco...)

Ah! Eu estava ansiosa para que você chegasse, meu bem.

Não é sempre que tenho a oportunidade de narrar o que de fato aconteceu comigo. Você provavelmente já escutou essa história antes, mas com certeza não ouviu a *verdadeira* história. Não que eu possa culpá-lo por isso. A imprensa adora transformar alguém em vilão. Ou vilã, como é o caso.

Deixe-me apenas esclarecer uma coisa: quase tudo o que ouviu sobre mim são inverdades — bem, alguns pontos são verdadeiros, mas não se preocupe, falarei sobre eles em breve —, e transformarem aquela garota que vivia alardeando sua "ingenuidade", sua "bondade" e tantos outros termos enfadonhos em uma vítima indefesa é tão ridículo que chega a me causar náuseas.

Honestamente, não acredito que você caiu nessa.

Patético.

Mas vamos deixar de lado por um momento sua disposição em acreditar que todos têm apenas um lado — bom ou mau. Quanta inocência... Fico contente que o bom senso tenha trazido você até mim. Assim que eu lhe contar tudo o que aconteceu de verdade, poderá tirar suas próprias conclusões.

Ah, me desculpe, onde estão meus modos?!

Vamos, sente-se! Fique à vontade. Teremos uma longa conversa.

Está confortável?

Ótimo.

Antes de começarmos, quer comer alguma coisa? Uma tortinha de maçã?

Não?

Tudo bem. Então vamos à história que nunca foi contada.

Com um look poderoso, Malvina Neves é a estrela da noite em jantar VIP e dá a dica: "Diamantes e seda caem bem em qualquer garota."

FOTOS EXCLUSIVAS DE MALVINA NEVES DE TOPLESS EM IBIZA. Depois da Fashion Week Madri, a beldade deu uma esticadinha até a ilha espanhola.

MALVINA NEVES É VISTA DEIXANDO UMA CAFETERIA COM UM CAFÉ PARA VIAGEM.

A brasileira Malvina Neves, a top mais badalada de todos os tempos, sobe duas posições em relação ao ano passado e chega à 13ª posição na lista de milionários da revista *Forbes*.

Achei que seria bacana deixar você ver esses recortes. Além de refrescar sua memória, eles vão me ajudar a dar veracidade à minha história.

Bom, agora começo lhe mostrando esta foto, já que foi neste dia que tudo teve início.

Está vendo aquela mulher sentada em frente à câmera no pequeno estúdio com paredes de tijolo aparente? Repare como seus cabelos dourados parecem se mover com graça, emoldurando-lhe o rosto como um manto sedoso. Percebe a maciez daquela pele perfeita, sem uma única mancha ou ruga? Olhe bem o desenho daquela boca cheia e suave, de um rubor natural tal qual um botão de rosa prestes a desabrochar. E os olhos! O espocar do flash, com a ajuda dos refletores, os transformou em duas preciosas turmalinas.

Ela não é a mulher mais linda e perfeita que você já viu na vida?

Eu concordo. E tenho a grata satisfação de vê-la todos os dias, quando me olho no espelho.

Ah, bem, creio que esse é um dos pontos sobre os quais a imprensa não mentiu. Eu sou a mulher mais bela que já pisou nesta Terra.

Não precisa me olhar desse jeito. Estou apenas sendo honesta. Modéstia é uma palavra que não consta em meu vocabulário. Ou em minha profissão.

— Incrível, Malvina! — elogiou Alexandre, clicando sua Nikon no estúdio que a agência havia preparado para a sessão de fotos. Coisa simples. Uma campanha da própria agência. — Você é perfeita! Uma deusa! A câmera te ama. Faça amor com ela. Isso!

Entende o que quero dizer?

Já desfilei para os maiores estilistas, posei diante dos mais renomados fotógrafos — como Alexandre Rocha, o melhor da América Latina — e jantei com celebridades e personalidades importantes ao redor do mundo. Meu rosto estampou 156 capas das mais conceituadas revistas de moda nos últimos três anos.

Sou uma beldade e não tenho por que dizer o contrário. Também sou a modelo mais competente que já pisou em uma passarela. Acredite, nada me impedia de cumprir meu papel. Um salto quebrado, uma roupa rasgada, mau humor, uma indisposição ou o pior pesadelo de uma modelo: um tombo na passarela. Nada disso interferia em meu trabalho. Eu não permitia. As pessoas pagavam — uma quantia escandalosa, devo enfatizar — para ter meu rosto vinculado a seus produtos, então eu tinha que ser perfeita no que fazia. E era.

Isso me torna uma pessoa ruim? Não do meu ponto de vista; simplesmente tenho consciência do meu potencial. Sei que alguém como você pode não compreender, mas acredite, a beleza é um fardo!

No entanto, era ela que pagava minhas contas e abastecia minha taça com champanhe francês. E descolava entradas para os melhores e mais disputados eventos, aonde quer que eu fosse. Já mencionei que uma vez jantei com o presidente dos Estados Unidos? Oh, bem, o homem é realmente poderoso, e eu não posso deixar de admirar alguém com tanto poder nas mãos.

— Doçura. Quero sua doçura, Malvina. — *Flash. Flash. Flash.* — Ah, meu Deus, esse olhar! Mantenha esse olhar!

Particularmente, acredito que eu seria uma atriz formidável. Minhas expressões faciais são invejáveis. Certa vez até cogitei essa possibilidade, mas Henrique não gostou da ideia, e na época eu não queria desagradá-lo. Você com certeza já ouviu falar de Henrique Neves, o talentoso piloto de Fórmula Indy. Isso mesmo, aquele que morreu no ano passado, em um trágico acidente.

Eu sei, o termo "viúva" não cai bem para uma mulher tão linda e jovem quanto eu. Mas, ei, não sou eu quem faz as regras aqui. Se fosse, esta história seria muito diferente, acredite.

Sinto saudades de Henrique. Apesar de mais velho, ele era um cara legal e sabia como tratar uma mulher. Ainda perco o fôlego quando admiro a gargantilha de diamantes azuis que ele me deu em meu último aniversário que passamos juntos.

Confesso que nunca consegui me apaixonar por Henrique — ou por qualquer outro homem, diferente dos meus sentimentos em relação à gargantilha —, mas ele era lindo, rico e me fazia rir. Quando me pediu em casamento, com amor nos olhos e um anel da Tiffany na mão esquerda, foi impossível dizer não. Além disso, ele me deu a única coisa que eu sempre desejei. Não o anel. Meu trabalho compraria cem deles. Henrique me ofereceu algo que ninguém jamais havia me oferecido: um sobrenome. Eu teria feito qualquer coisa por isso.

O Rei das Pistas e a Rainha das Passarelas, diziam os jornais. Éramos um casal perfeito.

No entanto, ele foi estúpido o bastante para perder o controle de seu Indy, errar uma curva, bater e morrer aos

37 anos, me deixando sozinha outra vez e com um legado mais que inconivente. A tutela de...

— Bianca! — exclamou Alexandre quando a porta de ferro do estúdio, grande e barulhenta, foi aberta bruscamente. — Que prazer vê-la aqui, minha linda.

A garota pálida e sem graça que não sabe arrumar os cabelos sozinha entrou, os fones nos ouvidos, um chocolate com a embalagem já aberta na mão.

— E aí?

Essa é a filha de Henrique. Eu era responsável pela menina até que ela completasse os malditos 18 anos — e ainda faltavam cinco longos meses para que isso acontecesse. Bianca é a causa de todas as minhas dores de cabeça e a razão pela qual você está aqui agora, me ouvindo, não é mesmo, meu bem?

Ah, deixa disso. Não precisa se envergonhar. Como já mencionei, você nem mesmo tem culpa pelas baboseiras que os jornais implantaram em seu cérebro.

— Bianca, você sabe que não gosto de ser interrompida durante uma sessão de fotos. — Lancei a ela um olhar severo. — Perco a concentração.

— Desculpe, fofadrasta.

Honestamente, eu pareço ser do tipo "fofa"? Linda. Inteligente. Racional. Estontonte. Obstinada. Esses são alguns adjetivos que me caem bem. Fofa? Nem mesmo minha mãe — se eu soubesse quem ela é — ousaria me enquadrar nessa categoria. Mas aquela é Bianca. Astúcia nunca foi seu forte.

— O que veio fazer aqui? — perguntei a ela.

— Disseram que eu deveria vir a uma reunião. — Ela deu de ombros, mordendo o Kit Kat. — Parece que me querem na campanha do Menina Veneno.

Me esqueci de mencionar que aquela coisinha desajeitada também é modelo, caso você ainda não saiba porque, sei lá, esteve vivendo o último ano em Marte ou na Coreia do Norte. Mas sim, temos a mesma profissão. Não me culpe por isso. Nem você teria pensado num absurdo desses. Infelizmente — para a humanidade —, alguém discordou de nós dois.

Lembra que mencionei minhas expressões faciais? Não sou excelente no que faço? Aquela, de total perplexidade, não merecia um Oscar? Obviamente, a menina não tinha entendido o recado direito. Como sempre.

— Ah, Bianca. Você precisa prestar mais atenção. Sabe que essa campanha é minha. A sessão de fotos já foi agendada para este fim de semana.

Eu era a Menina Veneno. Essa tinha sido a grande virada na minha carreira, o que fez com que eu deixasse de ser apenas *mais uma modelo* para me tornar *uma estrela cintilante cujo brilho ofusca tudo ao redor*. Foi tudo muito rápido. Apenas uma semana após o lançamento, as vendas do perfume dispararam, meu nome começou a pipocar nos jornais e revistas — mais até que o de Henrique, que havia sido campeão naquele ano —, e então meu cachê passou a ter seis dígitos. Logo subiu para sete, e do dia para a noite comecei a ser perseguida pela imprensa. A fama tem seu preço. No começo, tive dificuldade em me acostumar a ser caçada pelos paparazzi, mas aprendi a lidar com eles. Depois de um tempo, eles acabaram se misturando à paisagem, e eu prestava tanta atenção neles quanto nas árvores da rua.

— Foi o que eu disse pra Laís — comentou Bianca, naquele tom enfadonho —, mas ela explicou que estão querendo renovar. Aí vim aqui ver o que tava rolando.

Minha expressão congelou. Seria loucura colocar outra pessoa na campanha. Um completo absurdo, e não digo isso porque eu era a estrela — mais até que o perfume. Mas alguém me explique por que uma marca bem-sucedida iria querer trocar o rosto que o levou até o auge do sucesso por outro sem graça sem nenhum atrativo especial...

Sendo franca, eu já tinha visto acontecer antes. Quando a imagem satura, se busca algo novo. Só que eu tinha certeza de que minha imagem estava a anos-luz de se enquadrar nesse cenário. Bianca só podia ter entendido alguma coisa errada.

— Tenho certeza de que não tem nada rolando. Pare com isso, Alexandre! — ralhei, já que ele continuava me fotografando. — Deve ser um mal-entendido. Só pode.

Porque ninguém em sã consciência me trocaria por aquela... aquilo... Enfim.

Ok, Bianca é até jeitosinha. Isso eu posso admitir. Às vezes, quando olho para ela e encontro aqueles grandes olhos expressivos, sinto como se estivesse olhando para Henrique. O que é assustador. Quem é que quer conviver com um fantasma? Então, de um modo geral, ela tem traços... hã... razoavelmente bons. A palidez de sua pele e o cabelo muito negro, no entanto, a deixam com um aspecto um tanto moribundo. Só estou comentando.

A porta do estúdio se abriu, e a dona da agência com a qual nós duas assinamos entrou. Laís Carvalho (sim, essa Laís mesmo. A modelo mais famosa e fabulosa do Brasil nos anos 1990) balançou a cabeça, seus cachos pesados fazendo um movimento gracioso. Ela me cumprimentou antes de sorrir para Bianca como se tivesse acabado de ver uma bolsa Prada nova. Não achei que fosse bom sinal.

Eu tinha razão.

— Que bom que veio. — Laís disse para a coisinha sem sal, colocando as mãos em seus ombros. — Tenho grandes novidades para você. Acho que vai gostar da nossa reunião de hoje. Vamos, bonequinha?

Entãããão... Bianca não entendera errado. Laís realmente tinha um trabalho para ela. E eu podia lidar com aquilo. Desde que não fosse a minha campanha, é claro.

— Laís, espera um pouco — chamei antes que as duas se afastassem. — Talvez você devesse ser um pouco mais clara quando falar com Bianca. Minha enteada tem dificuldade em compreender recados, não é mesmo, meu bem? Acredita que ela acabou de me dizer que pensou que queriam colocá-la em meu lugar na campanha do Menina Veneno? Vê se pode! — Aproximei-me delas com um sorriso estonteante no rosto. Homens poderosos já caíram de joelhos diante daquele sorriso.

A mulher de pele aveludada em um rico tom de marrom com quadris tamanho 36 — não preciso elaborar, números falam por si só — me olhou de maneira condescendente.

Eu odiava aquele olhar, fazia mais de uma década que não me olhavam daquele jeito, e eu queria que as coisas permanecessem assim. Eu não era mais uma menina rejeitada. Era uma mulher deslumbrante, uma profissional respeitada, dona de uma fortuna tão grande que nem mesmo eu sabia o tamanho ao certo. Não havia nada em mim que fosse digno de pena. Justamente o oposto. As pessoas me invejavam. Temiam!

Laís, entretanto, parecia discordar disso tudo naquele momento.

— Lamento tanto que saiba da mudança dessa forma, Malvina. Eu pretendia te ligar e marcar um jantarzinho, mas a situação acabou saindo do controle e... — Ela ergueu a mão e tocou a minha, como se eu precisasse de conforto. — ... a verdade é que Bianca não entendeu nada errado. Os investidores insistiram em mudar a estratégia da campanha. Os números têm caído nos últimos tempos. Querem algo novo.

Suas palavras estalaram em minha cabeça, um tanto desordenadas. Números caindo? E aqueles idiotas pensavam que a culpa era minha?

— Eu posso ser algo novo. Posso ser qualquer coisa que eles quiserem. — E podia mesmo.

— Eles querem o rosto dela. Nem você consegue ser a Bianca. — Laís apertou os lábios como se estivesse penalizada e se afastou. Argh! — Não é pessoal, Malvina. E não se preocupe, sua agenda continua lotada pelos próximos dois anos.

Ela pegou Bianca pela mão e a empurrou para a porta envidraçada que levava à sala de reunião, que se fechou com um clique suave, me deixando paralisada e de boca aberta.

— Você é brilhante. — *Flash.* — Choque total. — *Flash. Flash.* — Dor. Ira. Ah, perfeito assim, Malvina. — *Flash.*

Estendi a mão, meus dedos envolveram a lente da câmera, e puxei. Como Alexandre mantinha a alça negra da máquina fotográfica transpassada no peito, ele veio junto, o rosto ficando a centímetros do meu.

— Sinto muito — balbuciou enquanto eu o encarava —, só achei que não devia perder sua espontaneidade. Foi mal. Você... precisa fazer uma pausa, não é?

— Exato. — Eu o soltei com um safanão e deixei o estúdio.

O repicar dos meus saltos, meu coração acelerado e a voz de Laís me dizendo não ser pessoal eram os únicos sons que eu ouvia enquanto ia para o camarim, as emoções borbulhando dentro de mim feito champanhe quente até eu sentir que estava prestes a explodir.

E foi assim que tudo começou a dar errado, como você já vai descobrir.

Gérald Bouvier, o cabeleireiro queridinho de MALVINA NEVES, ensina 10 TRUQUES para te deixar com aquele look de tapete vermelho e ARRASAR nas festas.

Malvina Neves parle de sa vie personnelle, de sa carrière et de ce qu'elle attend de l'avenir.

DESCOBRIMOS TUDO SOBRE O MOTORISTA GATO DE MALVINA NEVES!
Saiba quem é o moreno pra lá de sexy que anda arrancando suspiros desde que foi fotografado no mês passado carregando sacolas de compras da rainha da moda.

MALVINA NEVES É CLICADA LENDO UM LIVRO.

Depois de terminar a sessão de fotos com Alexandre — se tem uma coisa que ninguém pode negar é que sou profissional até debaixo d'água —, saí do prédio de fachada vintage onde funcionava a agência ainda tentando entender o que havia acontecido. Meu motorista me esperava do lado de fora, sob um sol de primavera nada ameno. Ele estava tendo dificuldades com Sarina. Minha assistente pessoal invadia o espaço de Abel, se esfregando quase casualmente em seu corpo enquanto o rapaz exibia um sorriso amarelo e tentava se afastar.

Não que eu pudesse condenar Sarina: Abel era inacreditavelmente atraente. As sobrancelhas sempre contraídas o deixavam com uma perpétua expressão preocupada, o que contrastava com o bom humor refletido naquele suave arquear da boca grande. Os cabelos e olhos pretos faziam com que sua pele bronzeada cintilasse um suave tom caramelado de quem acabou de passar o dia surfando. Seu corpo esguio, com músculos na medida certa, era um deleite aos olhos, e apesar de seus mais de 1,90 de altura, era ágil feito um velocista. Tentei levá-lo para o mundo da moda logo que consegui um pouco de prestígio, mas ele recusou dizendo que não teria paciência para ficar trocando de roupa só para ser fotografado. Abel queria um "trabalho de verdade" e na língua dele isso significava "suar e ter músculos doloridos no fim do dia". Francamente, Abel não tinha um pingo de ambição e isso me desagradava bastante.

Assim como me irritava ver Sarina se jogando nele. Ela sabia que eu não tolerava aquele tipo de comportamento. Não com Abel.

— Sarina! — silvei.

— Malvina! — A ruiva se afastou do rapaz, alisando as roupas de qualidade razoável.

Eu sempre paguei bem aos que me serviam com eficiência. Sarina era uma exceção. Me refiro à eficiência. Apenas alguém como eu manteria uma pateta feito a Sarina por perto, ainda mais com uma remuneração tão alta. Mas essa sou eu. A generosidade em pessoa. Se ela preferia comprar suas roupas em lojas de departamento, não era culpa minha. Tenho que admitir que lhe caíam bem. Claro que Sarina não era nenhuma beldade, com o rosto oval tomado de sardas, os olhos muito azuis e manequim M. Era bonitinha a seu modo. Ela foi a última de nós três a chegar ao abrigo. Era uma coisinha miúda e desajeitada, que chorava o tempo todo e me seguia para todo lado. Não mudou muito depois que se tornou adulta. Mas confesso que eu gosto dela. É divertido tê-la por perto.

— Eu só estava perguntando o que o Abel achou do perfume que você me deu no começo da semana. — Sarina enrubesceu. — Não esperava que você voltasse tão cedo.

— A sessão acabou antes do previsto.

Abel ficou contente ao me ver — sempre ficava —, demonstrando isso ao abrir um belo sorriso radiante, que quase chegava aos seus olhos levemente repuxados, e meu estômago pouco alimentado deu uma sutil pirueta. Ele se apressou em abrir a porta do Cadillac XTS azul-marinho para mim.

— Senhora — disse ele com sua voz de barítono, segurando a porta. O fato de nunca, sob circunstância alguma, usar meu nome (ou gravatas) me enervava um pouco.

Humm... Sei o que essa sua expressão significa. Já falei de Abel muitas vezes em pouco tempo de conversa, não é? E agora você está se perguntando se ele é mais que meu funcionário. Olha, eu prometo que responderei essa questão em breve. No momento estou falando sobre alguém muito importante aqui: eu.

Entrei no carro, e Sarina me seguiu, tropeçando no processo e caindo aos meus pés. Ah, bem, eu já estava habituada àquilo. Era uma vitória que ela não tivesse derrubado nada no carpete do carro ou em mim.

Abel deu a partida enquanto Sarina se acomodava a meu lado e abria a bolsa para pegar o iPad. Ela deslizou os dedos pela tela, piscando algumas vezes.

— Certo. Já que você terminou mais cedo, tem 43 minutos de folga. Agendei seu horário com Jaqueline. Ficou para as 13h, e às 14h30h tem manicure. Não pode repetir o esmalte na sessão de fotos para a campanha de sandálias de amanhã. Depois tem uma entrevista com a *Vogue France*. A jornalista me disse que pensou em algo íntimo e descontraído, então você precisa me dizer se prefere marcar no seu loft ou em outro lugar. No seu iate talvez seja uma boa ideia. Também marquei às 17h com Gérald, tudo bem? Imaginei que você fosse querer exibir uma cabeleira glamorosa hoje à noite. Ele vai até sua casa, então você estará pronta às 20h, como programado. O helicóptero estará a postos para levá-la à estreia do filme do Inácio.

Balancei a cabeça, sem ouvir metade do que ela havia dito.

— Ligue para Jaqueline e remarque, Sarina. Não posso esperar 43 minutos.

— Mas se ela não tiver...

— Que arrume! Eu preciso dela. Agora!

— OK, OK! — Ela levantou as mãos num gesto de rendição antes de ligar para a clínica de minha esteticista. Meia dúzia de palavras (dentre elas *Malvina Neves e exige*) depois, Sarina avisou Abel que alterasse a rota e seguisse direto para a clínica.

A garota continuou dizendo alguma coisa, e eu assenti algumas vezes por hábito já que meus pensamentos estavam voltados para o que acabara de acontecer no estúdio. Desde que entrei para o mundo da moda, jamais tinha sido dispensada. Era eu quem rejeitava contratos ou os rescindia, caso algo não saísse como eu queria — sou muito rígida quanto às minhas exigências contratuais. Os contratantes se estapeavam para ter meu rosto no catálogo. Nunca, sob circunstância alguma, fui dispensada. Um frio intenso começou a se espalhar por meu estômago.

— Mais depressa, Abel — exigi.

— Se eu for mais rápido que isso vou acabar tomando uma multa.

— Eu pago.

Seus olhos se estreitaram como os de um felino ao encontrar os meus no retrovisor.

— E os pontos na minha carteira de habilitação?

— Compro outra para você.

— Compra, é? — Os cantos de sua boca tremeram com diversão. — Na Tiffany ou... Como é o nome daquela dos Cs enroscados?

— Channel. — Sarina ajudou, distraída, sem levantar os olhos do tablet.

— Valeu, Sari. — Ele virou o rosto para me encarar. — Vai comprar minha habilitação na Channel?

Lancei a ele um olhar enviesado. E não surtiu efeito algum. Abel é uma das poucas pessoas que não se intimidam na minha presença. Essa é a desvantagem de ser chefe de alguém que segurou seu cabelo enquanto você vomitava, depois de ter tomado o primeiro porre da sua vida. É bastante frustrante. E também divertido de vez em quando, confesso. Não naquele momento, é claro. Por isso acabei bufando conforme ele mantinha a velocidade abaixo de oitenta, aquele sorriso provocador irritante que eu conhecia a vida inteira esticando sua cara toda.

— Ei, Abel! — Sarina arrulhou, abrindo um sorriso para o iPad. — Você tá na revista!

— De novo? — Ele gemeu, desgostoso.

— Me deixa ver. — Eu me inclinei para mais perto de Sarina para ler. Humm... A imprensa parecia realmente interessada nele.

— Estão te chamando de motorista pra lá de sexy — contou Sarina.

Abel deixou escapar um resmungo que era puro aborrecimento enquanto se encolhia no assento.

Eu me endireitei e dei dois tapinhas em seu ombro.

— Podia ter sido pior. Eles podiam ter dito que você estava bem-vestido e seu estilo viraria a próxima tendência.

— Pelo amor de Deus... — Ele grunhiu, e eu me recostei no assento, satisfeita. Quem estava sorrindo agora?

Pareceu que um século inteiro havia se passado até Abel estacionar em frente à porta envidraçada da clínica Vênus. Coloquei os óculos escuros e atravessei a calçada, parando para que Sarina abrisse a porta.

A recepcionista sorriu para mim de um jeito hesitante (da mesma forma que você sorri na minha presença, meu bem), e eu adorei.

Não espero que alguém como você entenda, mas eu adoro o receio que desperto nas mulheres e em alguns homens — você sabe, aquele tipinho inseguro que não sabe o que fazer na presença de uma beldade. Pobrezinhos. É claro que essa é a razão de nunca se darem bem com o sexo oposto. Aliás, esse é o motivo para qualquer pessoa se dar mal em qualquer aspecto. A vida raramente oferece uma segunda chance, então faça bem-feito na primeira vez. Esse sempre foi o meu lema.

Fui levada até a sala de Jaqueline imediatamente. Relaxei ao me sentar na cadeira reclinável. A esteticista (tamanho 42 nos quadris, 36 no busto) era eficiente, e seu melhor cartão de visitas era o próprio rosto. Eu jamais teria acreditado na sua idade se ela não tivesse me mostrado a carteira de motorista. É óbvio que não vou revelar a idade dela para você. E, se está esperando que eu divulgue a minha em algum momento desta conversa, é melhor desistir.

— Não fiquei surpresa quando Marla avisou que você viria mais cedo. — Jaqueline direcionou o foco de luz em meu rosto. — Não apareceu na semana passada.

— Tive um pequeno imprevisto. E só me sobrou esse tempinho disponível, então...

Ela assentiu.

— Eu compreendo. É por isso que sempre deixo um horário em aberto quando sei que você virá. Minha cliente mais VIP precisa de mim quando ela precisa de mim.

Está vendo? Era assim que as coisas funcionavam para mim. Eu precisava, eu tinha. Sinto muita saudade desse tempo.

— Ah, Malvina! Mesmo não aparecendo na semana passada sua pele continua um espetáculo! — comentou Jaqueline, depois de remover minha maquiagem com um algodão embebido em demaquilante. — O que pretende fazer hoje? Ácido hialurônico nos lábios ou vulcânico no rosto? Ionização com vitamina C ou máscara tensora de ouro 18 quilates?

— Tudo! Quero tudo! — Eu me acomodei melhor na cadeira e fechei os olhos.

Nunca disse que era 100% original, disse? Uma garota precisa aprender a valorizar seus atributos e melhorá-los sempre que possível. Aliás, se quiser posso te dar o telefone da Jaqueline. Talvez ela dê um jeito nessas manchinhas perto da sua orelha. Também conheço um ótimo cirurgião, caso queira fazer alguma coisa com esse nariz.

— Vamos começar com a máscara de vitamina. — Ela calçou as luvas de borracha e se pôs a mexer uma mistura branca.

Ah, como eu amo o aroma daqueles produtinhos, a sensação das picadas, a ardência dos ácidos, a renovação das células. Isso sempre faz com que eu me sinta melhor. Além disso, eu adorava visitar Jaqueline por outro motivo. Ela sempre me apresentava substâncias novas, e eu as utilizava em meus experimentos.

Quais experimentos? Seja paciente, meu bem. Tudo em seu devido tempo.

Jaqueline apoiou uma grande quantidade de potes e seringas no suporte metálico e aproximou a banqueta com rodinhas da cadeira reclinável em que eu estava.

— Como andam as coisas, Malvina?

— Fantásticas! — Não havia razão para despejar meus problemas nela. Não que eu não quisesse sobrecarregá-la. Isso jamais teria me passado pela cabeça. Eu só nunca fui dada a essas frivolidades, como ter laços de amizade e tudo mais. Sarina e Abel sempre foram exceções.

— Que bom. Fico contente. — Jaqueline sorriu e se inclinou de leve sobre mim, o pincel a postos. — Já eu ando meio chateada. Meu filho se mudou para o *campus* da faculdade, em Minas Gerais. Está morando com mais seis rapazes numa quitinete, e eu tremo só de pensar no que aqueles meninos fazem sem supervisão. Bianca passou para alguma faculdade?

— Não que eu saiba. — Não que eu tivesse me dado ao trabalho de perguntar. Ou ela, de me contar.

— Você tem sorte. Ter as crianças por perto traz alento à alma. Embora a diferença de idade entre vocês seja pequena, né? Ela poderia ser sua irmã.

E eu que pensei que Jaqueline gostasse de mim...

— Bianca não é criança. Está prestes a fazer 18 anos.

— Disso eu sabia. Estava contando no calendário. Havia até marcado a data em vermelho. Apenas mais alguns meses, e eu poderia riscar Bianca da minha vida. Assim que ela se tornasse maior de idade, eu estaria livre daquele inconveniente. O que era um alento. Eu não sabia por mais quanto tempo conseguiria tolerar a presença dela. Sobretudo naquele momento, já que ela seria a nova Menina Veneno.

Ainda não conseguia acreditar. Como aqueles idiotas puderam pensar em um absurdo desses? Bianca não tinha a metade da minha beleza, do meu carisma, do meu talento! Era um absurdo terem me trocado por aquela coisinha sem graça esfomeada.

Uma ofensa!

Um insulto!

Não diga nada, você não a conhece de verdade.

Enquanto Jaqueline aplicava aqueles produtos mágicos em meu rosto, tratei de manter Bianca e tudo o que ela representava longe da mente. Uma hora depois, saí da clínica sob a proteção de um guarda-sol, para que os raios UV não estragassem o trabalho de Jaqueline, e parti para os compromissos agendados.

Pareceu uma eternidade até que o fim da tarde chegasse e eu pudesse finalmente ir para casa. Logo que entrei na cobertura, localizada no bairro mais nobre da cidade, encontrei Gérald me esperando na sala de visitas.

— Está atrasada, belíssima — comentou meu cabeleireiro pessoal.

— Eu sei. Preciso de um banho. Serei rápida.

Ele bateu na maleta abarrotada de produtos para os cabelos.

— Leve o tempo que precisar, amada. Eu garanto seu *glamour*.

— É bom mesmo.

Um zumbido medonho vinha do quarto de Bianca. Ela descobrira mais uma banda underground. Suspirei ao passar em frente à porta.

Mais tarde, limpa e perfumada, envolta em um *négligé* de seda escarlate, perambulei pela suíte espaçosa — cem metros quadrados luxuosamente decorados — e parei em frente ao meu local preferido: o closet. Sentei na *chaise longue* de veludo negro do século XIX e fiquei observando as dezenas de prateleiras de sapatos preciosos. Louboutin, Stuart Weitzman, Jimmy Choo, Manolo Blahnik, Kathryn Wilson. Nomes que até poucos anos antes não significavam nada para mim, mas que tinham se tornado todo o meu mundo. E eu não estava disposta a permitir que nada mudasse.

Peguei meu iPad em cima da grande cômoda no centro do closet e voltei a me sentar na *chaise*. Hesitei em abrir o aplicativo que me conquistara no ano passado, com medo de que a resposta pudesse ter mudado. Ser rejeitada pelo Menina Veneno deixou um gosto amargo. Malditos investidores de merda por me fazerem duvidar de mim mesma.

Maldita Bianca por ser quem eles queriam.

Respirei fundo e abri o Divina Proporção, posicionando o aparelho de forma que a câmera frontal capturasse meu rosto.

Você conhece, certo? O aplicativo que analisa seu rosto e dá a porcentagem de perfeição de seus traços? A minha nota nunca foi inferior a 98%. Ouvi dizer que o padrão varia entre 70 e 80. Você deveria experimentar uma hora dessas... Humm... Não. Melhor não. Não quero que se sinta mal depois.

O aplicativo analisou minha imagem, e a resposta veio em dois segundos.

Noventa e oito vírgula três por cento de pura perfeição!

Uma adição de 0,3%! Jaqueline de fato fizera um excelente trabalho com aqueles ácidos.

Alguém bateu à porta. Gérald.

— Amada, preciso começar logo. Essa sua cabeleira deslumbrante dá muito trabalho!

Animada com minha nova média, deixei o iPad sobre a *chaise* e endireitei os ombros, ajustando a fita do *négligé* na cintura.

Aquele perfumezinho barato não merecia meu rosto. Na verdade, nem sei por que mantive aquele contrato por tanto tempo. Uma noite regada a champanhe e repleta de pessoas bonitas e elegantes era do que eu precisava. Ser admirada e invejada faria aquele nó na minha garganta desaparecer por completo.

Separei um vestido e um par de Louboutin e os deixei em cima da cama. Sim, deixei os sapatos sobre a cama. Você não está prestando atenção? Eles são mais que simples acessórios, são valiosos, verdadeiras obras de arte! Você deixaria arte jogada no chão?

Acho que não.

Atravessando o quarto, fui atender a porta.

— Eu já estava ficando nervoso. — O cabeleireiro passou pelo batente, apressado. — Sua assistente me disse que você deve sair por volta das oito. Não temos muito tempo.

— Então é melhor começarmos já. Me deixe estonteante, Gérald.

— Mas você não precisa da minha ajuda para isso, amada. Já nasceu maravilhosa! No máximo vou ajudar a manter toda essa exuberância bem-comportada durante a noite toda. — Ele tocou meus fios úmidos, o deslumbramento lhe embotando o olhar. — É como um manto sagrado. As pessoas deviam se ajoelhar diante dele. Ah, se seu contrato permitisse... As coisas que eu sonho em fazer com esse cabelo...

— Foco, Gérald! Você pode continuar sonhando com o meu cabelo depois que me arrumar.

— É tudo o que me resta. — Soltou um pesado suspiro e deixou a mão cair.

Fomos até o closet. Ele deixou sua valise sobre a cômoda, abriu-a e de lá sacou uma chapinha, um secador e alguns potinhos, ao mesmo tempo que eu me sentava na *chaise* e admirava meu reflexo no espelho que ocupava a parede oposta dos meus sapatos.

Hora do show.

Inácio Borges e Malvina Neves trocam olhares e carícias durante toda a premier de *Amante fatal*, mas a modelo garante: "Somos apenas bons amigos."

UMA VEZ RAINHA...

Malvina Neves, em uma nítida tentativa de ajudar a alavancar a carreira da enteada, indica Bianca Neves para ser a nova Menina Veneno.
Bianca Neves, a nova Menina Veneno, afirma: "Não sei se estou à altura de substituir a Malvina."

MALVINA NEVES BEBE CHAMPANHE EM ESTREIA DE FILME.

Minha noite fabulosa se transformou em um pesadelo assim que me acomodei no banco de trás do helicóptero parado no terraço do meu prédio e encontrei Bianca já sentada ali.

— Pensei que gostaria de companhia — explicou ela quando a olhei, confusa.

Sim, alguma companhia seria agradável, mas não exatamente a de Bianca.

— Tem certeza de que quer ir? Vai ser tudo muito chato.

— Tô sem nada interessante pra fazer — respondeu daquele jeito entediado que me irritava até a morte. — E o Inácio me convidou também. Não é como se eu estivesse indo de penetra.

Apertei os lábios, frustrada. Inácio enviara o convite apenas por educação. Quando aquela garota ia começar a perceber esse tipo de coisa?

— Bianca, tenho certeza de que você vai odiar cada segundo. Você não conhece ninguém lá.

— Conheço, sim. Algumas amigas também vão. Até a Mily, do andar de baixo. Ela acabou de enviar uma mensagem combinando de me encontrar lá.

Resignada, acomodei-me no assento, passei o cinto pelo peito e coloquei os protetores de ouvido com cuidado para não desfazer o penteado. Sabia que estava linda. O olhar do piloto ao examinar minha figura era mais que um elogio. Era um convite.

Eu estava mais que acostumada a ver aquele tipo de convite no rosto dos homens — e de algumas mulheres também. Mas não estava interessada. Como já disse, a beleza pode ser um fardo.

Assim que decolamos, Bianca ajeitou os fones do iPod por baixo dos protetores de ouvido. Pela visão periférica, analisei a garota que conseguira deixar um Carolina Herrera sem graça. Nunca, jamais, em hipótese alguma combine um Herrera com All Star. Sério, não cometa essa atrocidade.

Em pouco mais de meia hora pousávamos no topo do luxuoso hotel. Bianca fez questão de me acompanhar de perto, como uma febre da qual eu não conseguia me livrar.

Mais cedo, Abel levara Sarina ao hotel onde aconteceria a premier de *Amante fatal*, de modo que minha assistente me esperava no mezanino para me ajudar a colocar os cachos criados por Gérard no lugar.

— A imprensa está ansiosa. Até parece que a estrela do filme é você! — contou ela, animada, ajeitando minha gargantilha de diamantes. Depois de um último exame, ela suspirou. — Ah, Malvina, você está um espetáculo, como sempre.

E era por coisas assim que eu gostava tanto de Sarina.

Coloquei meu sorriso mais charmoso no rosto, aprumei os ombros e comecei a descer a larga escadaria de mármore que levava ao grande salão. Percebi o momento exato em que as pessoas me avistaram. Um silêncio de admiração pairou no ar, e os únicos sons ouvidos eram o suave farfalhar do meu vestido e o toc-toc-toc dos meus Louboutin no piso.

Minha entrada teria sido triunfal se Bianca não existisse.

A garota desceu os degraus correndo para me alcançar e acabou tropeçando naqueles tênis idiotas, colidindo comigo. Precisei me agarrar ao corrimão dourado para não cair na frente de trezentas pessoas.

— Ai, fofadrastra, desculpa!

Ouvi risos abafados vindo do salão e muitos flashes sendo disparados. Tudo o que pude fazer foi lançar a Bianca um sorriso compreensivo e dar um tapinha de leve em seu ombro.

— Sorria, Bianca.

Sob o foco dos fotógrafos, enlacei o braço da garota e descemos juntas, como se fôssemos grandes amigas. Ora, se você não sabe lidar com as adversidades, então não serve para esse trabalho.

Parei logo que meus pés tocaram o piso do térreo, me afastando um pouquinho de Bianca e sorrindo para as câmeras, dando aos fotógrafos a chance de se embriagarem com minha beleza. Eu adoro isso. Nasci para ser admirada.

— Malvina, quem assina seu vestido? — gritou um jornalista.

— E seu sapato?

— Esse colar é o que Henrique deu para você?

Mais sorrisos, respostas curtas e educadas. Ao menos até um dos repórteres questionar:

— É verdade que você não é mais a Menina Veneno?

A única diferença entre um jornalista de tabloide e um abutre é que os abutres não sorriem enquanto tentam te devorar.

Uma expressão de pesar — porém muito encantadora — tomou meu rosto.

— Me sinto péssima com isso tudo, mas sim, é verdade. Um conflito de agendas me obrigou a deixar a campanha.

— E a ideia de Bianca assumir seu antigo posto foi sua? *Ah, por favor!*

Ainda assim, o show estava rolando, e eu não era conhecida apenas pela desenvoltura nas passarelas. Passei o braço por cima dos ombros de Bianca.

— É claro. Quem mais poderia me substituir com tanta graça? — Sorri, benevolente.

Bianca me olhou, um pouco confusa. Não que isso fosse alguma novidade.

Não quero fazer fofoca nem nada, mas se você prestar atenção, vai perceber que ela passa boa parte do tempo fora do ar, e o restante, comendo. Tenho uma teoria, mas prefiro não influenciar você agora, por isso nem vou falar nada sobre essa questão.

— Bianca — chamou o repórter —, você se sente pressionada por substituir sua madrasta?

— É difícil ocupar o lugar de Malvina. Você se acha capaz? — indagou outro.

— Ser comparada com a Rainha das Passarelas te deixa nervosa?

Deixei a garota ser engolida pelos jornalistas e circulei pelo ambiente a procura de Inácio Borges. Eu o encontrei rodeado de outros atores, todos um pouco nervosos com a estreia do filme. Já Inácio...

— Você veio! — Ele sorriu ao me cumprimentar, segurando-me pelos cotovelos para plantar um beijo demorado em minha bochecha.

— Não perderia isso por nada, Inácio.

Inácio era minha versão masculina. Perfeição o definia bem, e posso garantir que não se limitava apenas àqueles olhos incomumente violeta, ao rosto quadrado com o queixo forte, nem aos cabelos lisos e loiros. Cada pedaço do corpo dele era um espetáculo a ser desvendado, e se eu tivesse um coração fraco poderia ter me apaixonado por ele durante o ensaio que fizemos juntos para uma loja de departamento. Nós seríamos perfeitos juntos.

Isto é, se ele fosse hétero e tudo o mais.

— Nervoso? — perguntei a ele.

— Com o quê?

Abri um sorriso lento. Uma versão minha, com certeza.

Alguém chamou Inácio, e ele desempenhou seu papel de grande estrela do cinema, mas os holofotes ainda estavam focados em mim. Fiz minha parte e circulei pelo salão, parando para cumprimentar todas as figuras importantes, ricas e/ou famosas.

Eu sei o que você deve estar pensando, e é por isso que tenho uma conta com sete dígitos e você não. Olha, vamos esclarecer algumas coisas, está bem? Eu sou franca. Acho que você já deve ter percebido. Falo o que a maioria das pessoas pensa, mas tem medo de dizer para não ofender, magoar, e essas bobagens todas do politicamente correto. Não posso ser condenada por ser honesta.

Bianca logo foi abandonada pela imprensa — ela realmente não era interessante —, e se juntou a um grupinho de adolescentes munidas da ingênua esperança de que um dos atores se apaixonasse por elas. As garotas rodeavam um rapaz de aspecto um tanto sombrio. Podia ser culpa dos cabelos compridos, caindo em ondas displicentes sobre os ombros, a barba por fazer que obscurecia seu maxilar ou talvez as roupas; um terno da cor de um rubi com camisa preta, que eu aprovava. Ele parecia apreciar toda aquela atenção. Eu nunca o tinha visto antes. E deduzi que não fosse ninguém importante, caso contrário alguém já teria me apresentado. O rapaz virou o rosto e seu olhar — de um castanho profundo quase vermelho — se encontrou com o meu. Arqueou uma das sobrancelhas. Fiz um cumprimento de cabeça gracioso e em troca recebi um sorriso bastante confiante.

— Pronta para me ver brilhar, minha rainha? — Inácio me abordou, colocando a mão em minhas costas nuas.

— Sempre.

Todas as personalidades já haviam chegado, então fomos para a sala de exibição.

Sentei na primeira fila ao lado de Inácio. Os fotógrafos meio que enlouqueceram. Havia meses tentavam desvendar se Inácio e eu estávamos tendo um caso. Eu e meu amigo gostávamos de nos divertir um pouco com isso; um roçar de dedos aqui, uma palavra sussurrada no ouvido ali, um olhar intenso repleto de segredos partilhados, e quando a imprensa perguntava, era só soltar um "somos apenas bons amigos..." de um jeito um tanto hesitante.

O filme então começou. Não fazia ideia de onde Bianca poderia ter se enfiado. Não era da minha conta. Tudo o que me interessava era que ela não estava me importunando.

Amante fatal não era de todo ruim, apesar do nome. E eu achei Inácio muito convincente no papel de um médico serial killer que envenenava as vítimas — todas mulheres exuberantes — pouco depois de seduzi-las. Aliás, ele nunca esteve tão fantástico, e não digo isso apenas porque o tema me fascinava.

Humm... isso soou um pouco estranho. E acho que não ajudou muito a desconstruir a opinião que você tem de mim. Antes que sua imaginação cavalgue para longe, não, eu não tenho nenhuma obsessão em envenenar pessoas. Mas o assunto me fascina, sim, não posso mentir. A diferença entre um veneno e um remédio está apenas na dosagem. Todo mundo sabe disso...

Pouco depois da metade do filme, decidi ir ao banheiro retocar a maquiagem. Ora, se você veste um Zac Posen com um decote fabuloso nas costas, precisa dar a oportunidade de as pessoas o admirarem. Mesmo no escuro, alguns flashes foram disparados, por isso saí sem pressa alguma.

Você vai adorar essa parte.

Os corredores estavam vazios e as poucas pessoas que avistei pelo caminho eram da equipe de bufê. Tomei a direção do toalete. No momento exato em que eu passava em frente ao reservado masculino, a porta se abriu inesperadamente e acertou minha testa.

— Ai! — Dessa vez, os flashes espocaram atrás das minhas pálpebras.

— Merda! — resmungou uma voz masculina. — Desculpa, eu não te vi. Eu te machuquei? Você está bem?

— Não sei. — Friccionei a testa tentando aliviar a dor. Fiquei um pouco tonta.

— Venha se sentar um pouco. — Ele me pegou pelo cotovelo e me levou para algum lugar onde me ajudou a sentar. — Sinto muito. Não tinha como eu saber que você estava passando. Não devia ter aberto a porta com tanta força. Desculpa. Quer um copo de água? Um pouco de gelo, talvez?

Levantei o olhar e encontrei o rosto emoldurado pela cabeleira castanha perto demais. Perto o bastante para que eu reparasse na cicatriz em formato de meia lua no canto da sobrancelha esquerda. Os olhos incomuns — íris de um âmbar translúcido em chamas consumindo a pupila negra — eram ligeiramente separados, e o lábio superior, grosso demais para o meu gosto. O queixo, porém, era um espetáculo espartano. Mas nem de longe aquele era o homem mais bonito que eu já vira na vida.

— Você está bem? — insistiu ele, com a voz macia.

— Um pouco tonta.

— Vou pegar gelo pra pôr na sua testa. Não se mova!

Ele se levantou e saiu correndo em direção ao bar, me dando a chance de contemplar sua silhueta. Esguio, porém de ombros largos, pernas compridas, andar seguro.

Ele retornou em um minuto, se sentando ao meu lado no *récamier* retrô em cetim preto. Pescou um cubo de gelo de dentro do copo e o pressionou com delicadeza contra minha testa. Eu me encolhi.

— Sinto muito — murmurou ele.

— Tudo bem. Não foi você que instalou aquela porta abrindo para fora.

Ele deu risada.

— Mesmo assim, eu deveria ter tomado mais cuidado. Está doendo muito? Algum problema com a visão? Acho melhor te levar a um pronto-socorro...

— Não, estou bem. Nem dói tanto.

Ele soltou um longo suspiro aliviado. Havia um espelho que ia do chão ao teto na parede em frente ao *récamier*, me permitindo dar uma conferida discreta no rapaz. Jeans básico, camiseta branca com gola V por baixo do paletó preto. Largas pulseiras de couro trançado preto no punho esquerdo. Tênis de lona. Ele era bonito, mas minha atenção logo foi desviada para o galo vermelho que começava a saltar da minha testa. Droga! Eu faria um ensaio no dia seguinte. Não podia aparecer com um galo na cabeça. Por sorte, eu tinha em casa algo que poderia ajudar.

— Sou Fernando Floriano. — Sorriu, meio sem jeito.

— Malvina Neves.

Meu nome não significou nada para ele. Não houve aquela centelha de reconhecimento nem nada parecido. Não sei ao certo se me senti furiosa ou encantada com aquilo.

Ele analisou meu rosto, pela primeira vez prestando atenção aos meus traços, ainda pressionando o gelo no local onde o galo já se fazia visível. Vi muitas emoções espreitarem por aquelas íris faiscantes. Admiração, cobiça, receio, fascínio, desejo. O de sempre.

— Cara, eu deveria ser preso por ter causado um dano a um rosto como o seu. Alguém já deve ter dito que você é absurdamente linda, certo?

— Não depois de acertar minha cabeça com uma porta.

Ele deu risada, e Sarina escolheu aquele instante para aparecer.

— Malvina, vi você saindo da sala e fiquei preocupad... Aaaah! Hã... Eu... vou te esperar no banheiro. — Ela virou o rosto para o outro lado ao passar por mim. Pelo espelho, vi um pequeno sorriso curvando seus lábios.

Fernando largou o gelo dentro do copo e alisou o local dolorido em minha testa com a ponta dos dedos frios.

— Acho que vai ficar roxo. — Ele fez uma careta.

— Tenho algo em casa que ajudará a disfarçar.

— Ainda bem, ou eu teria que fazer muita terapia.

Acabei rindo. Ele se levantou, e eu fiz o mesmo, passando uma das mãos na seda do vestido para ajeitá-lo. Os olhos incomuns de Fernando acompanharam o movimento. Ele inspirou fundo, enfiando as mãos nos bolsos da calça, como que para mantê-las longe de mim.

O mesmo de sempre.

— Bem, preciso... — começou ele, fazendo um esforço para voltar a atenção para meu rosto. Ah, os benefícios que um Zac Posen traz a uma garota. — ... voltar para a sala. Desculpa de novo. Se cuida, Malvina. — Ele começou a se afastar.

E *isso* não acontecia sempre. Na verdade, nunca. Juro por Deus que cheguei a pensar que se tratasse de uma pegadinha enquanto observava Fernando se apressar pelo corredor em direção à sala de exibição sem insistir em me ver de novo, perguntar meu telefone nem pedir que eu o adicionasse no Facebook.

Minhas mãos começaram a suar, meu coração errou as batidas, e minha boca ficou seca.

Antes de abrir a porta que o levaria à sala de exibição, porém, ele virou a cabeça para me encarar uma última vez.

Agora sim, pensei com os meus brincos de brilhantes comprados na Tiffany — "pensar com meus botões" é algo tão simplório — enquanto aprumava os ombros. Ele voltaria e pediria o meu telefone. E eu graciosamente inventaria uma desculpa.

Qual é, eu sou Malvina Neves! Não dou meu telefone para qualquer um sem verificar sua vida antes. E quando digo isso, não me refiro a olhar as postagens no Instagram, mas realmente averiguar sua vida, seus amigos, sua situação financeira. Você ficaria chocado com a capacidade investigativa de Sarina e com o que é possível descobrir no Google, se souber onde procurar. (Nada ilegal, claro.) Você também se surpreenderia com a quantidade de pessoas que já tentaram se aproximar de mim com segundas intenções. Tenho que ser cautelosa.

No entanto, Fernando não agiu como eu esperava. Sem dizer qualquer palavra — nem mesmo sorrir — ele desviou o olhar para o chão e abriu a porta.

Conforme eu o via desaparecer, meu estômago ficou pesado como se eu tivesse comido além da conta, sensação que eu não tinha havia uma década — não é nada fácil manter esse corpinho. Era uma sensação trêmula e fria, como se milhares de cubos de gelo saltitassem ali dentro. A reação do meu corpo me deixou confusa, pois eu nunca havia sentido nada parecido antes. Bom, não sem estar diante de uma vitrine.

— Ele já foi embora? — perguntou Sarina, se aproximando atrás de mim. — Quem era?

— Não sei. — E não importava.

Porque ali, ainda encarando a porta por onde o rapaz (que de repente me pareceu mais bonito do que eu julgara a princípio) desaparecera, eu soube. Eu queria aquele homem. Pela primeira vez em toda minha vida, eu desejava alguém.

E ele seria meu.

4

Reluzindo mais que seus diamantes, Malvina Neves arrebatou o galã Inácio Borges e metade dos convidados (incluindo este editor!) na estreia de *Amante fatal*.

Vestido usado por Malvina Neves na premiere de *Amante fatal* é mais cobiçado pelas mulheres que o galã do filme.

Bianca Neves vai substituir a madrasta na próxima campanha da fragrância Menina Veneno. É o começo de uma nova era?

MALVINA NEVES É VISTA ATRAVESSANDO A RUA.

Imagino o que deve estar passando em sua cabeça agora. Que eu queria Fernando porque ele não se interessou por mim. Lamento informar, mas você está absolutamente certo. É preciso ter muita coragem para dispensar uma mulher feito eu.

Não que ele tenha me dispensado, é claro. Ele apenas não estava prestando atenção ao que fazia. É provável que o choque causado pela pancada da porta o tenha deixado meio tonto.

Sim, eu sei que a portada foi na minha cabeça, meu bem. Mas pense no que isso pode ter causado no psicológico do rapaz. Arruinar um rosto como o meu?!

Cheguei a procurar por ele depois que o filme terminou, mas o rapaz havia desaparecido.

Até arrisquei perguntar a Inácio.

— Malvina, não tenho a menor ideia de quem você está falando. Mas por que está tão interessada? — perguntou, enquanto perambulávamos pelo salão onde acontecia o coquetel.

— Por nada, Inácio.

Seus olhos desconfiados percorreram meu rosto. E então se arregalaram.

— Meu Deus! O que aconteceu com sua testa?

— Um idiota instalou a porta ao contrário. — Passei a mão na franja que Gérald trabalhara com muito afinco para deixar com o volume e caimento perfeitos. Estava dura feito arame. Aquele cabelo maravilhoso estilo "tapete vermelho", as mechas muito brilhosas e supermacias, foi um trabalho de quase uma hora, e você não acreditaria na quantidade de produtos necessários para deixá-los assim. Era quase uma escultura, e todos sabemos que uma obra de arte não deve ser tocada, apenas apreciada. Ainda assim, eu tive que fazer alguma coisa, puxando alguns fios para esconder o galo cada vez mais latejante.

— Está pensando em processar o hotel? Porque seria justo. — Inácio parou diante de mim e, muito carinhosamente, terminou de arrumar meu cabelo. Os jornalistas ali foram à loucura.

— Estou pensando no assunto.

— Inácio! — uma voz feminina chamou. Umas das meninas que vi com Bianca. A garota era muito bonita, magra, com cachos volumosos e uma boca carnuda. Usava um belíssimo vestido curto branco Alexander Mcqueen que ressaltava o delicioso tom negro de sua pele. Eu a conhecia. Era Emily, a filha do Sr. Evans do andar de baixo e amiga de Bianca. Excelente gosto para roupas. Péssimo para amizades.

— Ah, meu de Deus. — Inácio gemeu. — Me salva, Malvina.

— Por quê? O que a filha do cônsul da Grã-Bretanha quer com você?

Ele apertou os lábios, descontente. Entendi o motivo quando ele disse:

— Ela acha que está apaixonada por mim.

Deixei escapar uma risada.

— Ah, pobrezinho. Como isso foi acontecer? Você nunca joga charme para ninguém, não é mesmo?

Inácio era um perigo. Uma vez que ele voltava aqueles olhos violeta na direção de alguém, sedução escorrendo por sua voz e por aquele sorriso de canto de boca, a vítima ficava de quatro por ele. E Inácio sabia muito bem disso, o que tornava a situação ainda mais divertida para ele. É claro que às vezes ele se metia em confusão, como na vez em que começou a desfiar seu charme em um jantar beneficente e um importante (e muito rico) jogador de futebol ameaçou quebrar a cara dele por ficar dando em cima da sua namorada. Na verdade, Inácio flertava mesmo era com o jogador e teve que ser mais claro com o cara. Os dois acabaram saindo algumas vezes. Claro que o sujeito se apaixonou pelo meu amigo. E é obvio que Inácio subitamente perdeu o interesse. Ele se entedia facilmente. Como eu disse, Inácio é uma versão minha de barba.

— Eu só estava sendo simpático! — Ele tentou justificar. — O cônsul é um dos investidores do filme. Só quis ser gentil com a garota. Que culpa eu tenho se ela entendeu meu cavalheirismo como interesse?

— Ela é amiga da Bianca. Deve ter a mesma sagacidade, do contrário elas não se entenderiam. Boa sorte. — Comecei a me afastar.

— Malvina, não faça isso. Não me deixe sozinho com a...

— Inácio, você estava simplesmente per-fei-tooo! Até me convenceu de que seu personagem realmente não tinha culpa das atrocidades que cometia. Você é tão talentoso!

— Obrigado, Emily.

— Já disse que pode me chamar de Mily. Realmente me impressionou a profundidade da sua doação para o personagem. Meus Deus, foi tão... visceral!

Sem paciência para aquele tipo de tagarelice, eu me afastei do casal, embora Inácio tenha me lançando um olhar agonizante que implorava ajuda. Ele era capaz de lidar com Mily sozinho. Enquanto eu escapulia, avistei Bianca. Ela ainda estava atrás do rapaz de cabelos compridos e tentava a todo custo atrair sua atenção, tocando seu braço, falando sem parar, mas os olhos do rapaz estavam fixos em Emily e Inácio. E brilhavam tanto que, com aquela luz difusa amarelada, pareciam quase vermelhos, combinando com sua expressão, algo entre desagrado e fúria. Ah. Ele gostava de Mily. E Bianca parecia gostar dele. De repente, o rapaz me pareceu muito mais simpático.

As pessoas interessantes começaram a ir embora — na verdade, eu fui a primeira. Se você quer que as pessoas acreditem que você é importante, esteja sempre muito ocupada. Ainda sentindo a testa pulsar, especulei sobre Fernando com Bianca enquanto retornávamos para casa, mas é óbvio que ela não fazia ideia do que eu estava falando.

— Não sei. Não reparei. — Ela então arqueou as sobrancelhas. — Malvina, o que uma garota faz quando um cara não percebe que ela existe?

— Você quer que *eu* te dê conselhos amorosos?

— Quero. Você sempre sabe o que fazer. Tem sempre um exército de caras atrás de você. — Ela dá de ombros. — E eu só tenho você para perguntar.

Comovente? Sim, também achei. Não gostava da menina, mas o fato é que eu sabia como ela se sentia. Também não tive ninguém. A adolescência foi o período em que mais senti falta de uma família. Tantas mudanças em meu corpo e minha mente, tantas dúvidas e receios, e eu só tinha Abel e Sarina — tão assustados e perdidos quanto eu — para me ajudar.

— Ok, pra começar, você não fica atrás de um homem como se ele fosse o centro do universo, Bianca. Você é o centro do universo! Ele é quem tem que vir atrás de você. — Acabei dizendo, e isso foi um grande erro. Você vai me dar razão em quinze segundos.

— Mas ele nem sabe que eu existo! Como é que vai correr atrás de mim se não me nota?

Onze... dez... nove...

— Então faça ele notar. E quando isso acontecer, sorria e esteja indisponível.

Seis...

— Mas eu não quero estar indisponível para ele.

— Ele não precisa saber disso.

Três... dois...

— Foi assim que você conseguiu enganar meu pai?

Viu? Eu sempre — sempre! — acabava me arrependendo de fazer qualquer coisa por aquela coisinha.

— Na verdade, foi, Bianca. — Não, não foi. Na época eu não sabia jogar *aquele* jogo.

— Ele sempre foi um idiota. — A menina bufou, irritada, então a mentirinha valeu a pena.

— Se tem uma coisa que Henrique não foi é idiota. Sei que te incomoda o fato de eu ser apenas alguns anos mais velha que você e seu pai ter me amado de verdade, mas isso não te dá o direito de falar mal dele. Ele não está aqui para se defender. Mas eu estou.

— Fofadrasta! — Seus olhos se abriram tanto que mais pareciam dois pires. — Eu não quis dizer isso! Acho que me expressei mal. Eu quis dizer que ele era um idiota por não ter prestado atenção em você assim que te viu. Desculpa.

Não quis te chatear, muito menos desrespeitar a memória do papai. Só me atrapalhei um pouco com as palavras.

Nem você consegue engolir essa, consegue, meu bem?

Eu optei por fingir que acreditei, e passei a viagem de volta enviando mensagens para Sarina — evitava conversar com aquela coisinha irritante. Dei à minha assistente todas as informações de que dispunha sobre Fernando e a incumbi de produzir um relatório completo para a manhã seguinte.

Ao chegar em casa, me tranquei em minha suíte. Retirei o vestido e os sapatos e fui para o closet, vestindo apenas o *négligé* carmim. Me certifiquei de que a porta estava trancada antes de me dirigir à minha linda estante de sapatos. Um suspiro escapou dos meus lábios. Eles eram de tirar o fôlego! Mas eu não estava ali para admirá-los, por isso empurrei a primeira prateleira para o lado, revelando uma segunda logo atrás, em seguida uma terceira, até por fim chegar à quarta. Afastei um par de botas Gucci e abri a tampa do dispositivo de segurança embutido na lateral da prateleira. Digitei a senha, uma luz piscou, ficando verde antes de o painel de madeira recuar meio metro e liberar a entrada.

As luzes se acenderam automaticamente logo que entrei em meu santuário. OK, não era bem um santuário, mas ali eu podia ser eu mesma, sem cobranças ou análises — só as minhas, é claro.

Havia muito lixo guardado ali, como as roupinhas medíocres que eu usava quando me encontraram e me levaram para o orfanato, o primeiro objeto que comprei com meu próprio dinheiro — óculos escuros de camelô; decadente, eu sei —, um caderno da época de escola. Coisas que me faziam lembrar do quanto a vida podia ser cruel. Entretanto, a sala também abrigava uma de minhas antigas paixões. Tubos de ensaio, condensadores, pipetas...

Eu ainda morava no abrigo quando descobri o curso de técnico farmacêutico.

Desde pequena o assunto me fascinava. Sonhava em um dia criar a poção da felicidade. O problema é que na época eu não sabia bem o que felicidade significava.

E você pensando que eu sou uma envenenadora em série. Tsc, tsc.

Ah, sim, você entendeu direito. Passei a vida toda num orfanato, assim como Abel e Sarina. As únicas boas lembranças que tenho de lá são eles dois e o curso. Deixei o abrigo no dia em que completei 18 anos, já com uma profissão. Optei pelo curso técnico em vez de fazer o ensino médio comum como a maioria dos adolescentes, porque "faculdade" era uma palavra tão distante da minha realidade quanto diamantes.

Mas você não quer ouvir esse drama todo, certo?

Poções, elixires, cremes exclusivos tomavam a bancada. Um acervo imenso de experimentos que fiz ao longo dos anos usando diversas substâncias estavam catalogados em um caderno de capa negra. Parecia difícil, mas era muito mais simples do que se imagina, uma vez que se entendia o processo. Jaqueline sempre me apresentava novos elementos químicos, e era dessa maneira que eu me atualizava ultimamente. Tinha a esperança de um dia conseguir encontrar o que toda mulher — bonita ou feia — deseja: juventude eterna.

É óbvio que eu ainda não descobri como ser jovem para sempre, mas, mesmo naquela época, já havia conseguido alguns resultados bem interessantes. Como o creme que fazia inchar determinada parte do corpo. Deixei os jornalistas abismados ao aparecer em um evento com os seios inflados certa vez, e na semana seguinte exibi-los com seu tamanho natural em um decote profundo, o que resultou numa acalorada discussão sobre uma suposta cirurgia para implante de próteses de silicone e outra, para a retirada.

E havia aquela poção que fazia manchas e marcas desaparecerem em 24 horas, a razão que me levara até ali. Veja bem, eu tinha um contrato, e nele estava especificado que eu devia estar em minha plena forma 24 horas por dia, sete dias por semana. Muitas pessoas ingressam no universo da moda ambicionando uma vida glamorosa, mas deixe-me contar uns segredinhos: a modelo não consegue ter vida social. Ela está à disposição da agência o tempo todo. E, como passa a maior parte da sua vida acordando em uma cidade e dormindo em outra, estudar também pode ser um problema (motivo pelo qual abandonei a ideia de cursar bioquímica quando consegui dinheiro o bastante para pagar uma faculdade). Também não se pode cortar o cabelo ou mudar a cor dos fios sem que a agência concorde e autorize. A concorrência é grande, e a inveja entre colegas de trabalho é algo que realmente desestabiliza os mais sensíveis. A modelo deve estar ciente de que fome será uma palavra que a acompanhará até os confins do mundo e ainda assim haverá aquele estilista grotesco que dirá que ela está gorda demais. É aí que algumas coisas ficam realmente perigosas. Algumas não conseguem lidar com a pressão e acabam doentes. Você se espantaria com a quantidade de meninas que conheço que comem e correm até o banheiro para vomitar, que fumam para tentar enganar o estômago, que se entopem de álcool ou coisas mais pesadas para amortecer a fome. Você também ficaria chocado se eu relatasse quantas meninas conheci que acabaram morrendo em decorrência de anorexia, bulimia ou overdose.

Ser magra exige esforço, e, como nem todo mundo está disposto a fazer sacrifícios, alguns acabam buscando o que parece ser a saída mais fácil. Essa coisa que algumas pessoas dizem, "como tudo o que eu quero e não engordo", é uma grande mentira. É pura matemática: se você ingere mais calorias do que precisa, vai engordar. Se ingerir menos, irá emagrecer. É um inferno manter uma alimentação balanceada. Sei disso porque estou morrendo de fome há alguns anos. De vez em quando sonho que estou tomando uma enorme taça de sorvete com calda de chocolate e, quando acordo, tudo o que posso comer é uma taça repleta de frutas sem calda nenhuma. Mas esta é a vida que eu escolhi, meu corpo é o meu trabalho. E como posso tratar mal minha única ferramenta de trabalho? Entrar numa furada dessas seria o mesmo que entrar em um carro em alta velocidade e não usar o cinto de segurança. Pode acabar mal. Muito, muito mal. Acredite.

É claro que, se ela tiver estrutura para suportar tudo e um dia tiver sorte e se tornar... digamos... uma Malvina Neves, haverá algumas facilidades para compensar: maravilhosos presentes de clientes, viagens pelos lugares mais lindos e exóticos do mundo, convites para festas disputadíssimas (eu sei que já mencionei isso, mas é que esqueci de dizer que também conheço a Beyoncé. Ah, sabia que isso ia te impressionar mais do que o presidente dos Estados Unidos. Bey e eu nos encontramos duas vezes — em uma festa de um conhecido em comum. O que faz de nós duas grandes amigas, se você considerar nossas agendas).

Mas o que eu pretendia dizer com tudo isso é que uma modelo não é dona do próprio corpo, mesmo que ela seja uma estrela incandescente feito eu era. Eu não poderia posar no dia seguinte com aquele galo arroxeado incrustado na cabeça.

Sentei-me na cadeira giratória, admirando os inúmeros ingredientes tão difíceis de arranjar. Pensei que eu deveria dar um aumento a Sarina, por sempre conseguir tudo tão depressa. Então escolhi os materiais que precisava e dei início à mistura. O resultado foi um creme amarelado que esfreguei de leve no local machucado. Pinicou um pouco, mas isso era sinal de que estava funcionando.

Arrumei a mesa de maneira metódica antes de sair, e me certifiquei de religar o sistema de segurança.

Fui para cama usando nada mais que duas gotas de Chanel N° 5 — Marilyn sabia das coisas —, ansiosa para que o dia seguinte chegasse logo e eu pudesse saber mais sobre Fernando.

5

MALVINA NEVES, LINDA, FAMOSA, RICA E AINDA SOLTEIRA. "NÃO ESTOU PROCURANDO UM NAMORADO. EU ME BASTO."

Com seu primeiro grande contrato assinado, a modelo Bianca Neves sonha alto: "Quero ser a próxima Malvina."

Malvina Neves abrilhanta recital de violinistas na embaixada da França e ajuda a arrecadar fundos para o projeto.

MALVINA NEVES É FLAGRADA TOMANDO ÁGUA MINERAL NA GARRAFA.

arina não me decepcionou. Na primeira hora da manhã (às 10h, no caso), eu tinha um relatório completo em mãos e a testa perfeitamente lisa e sem marcas. Analisei as informações enquanto tomava chá verde puro e mordiscava meia torrada integral light.

Fernando Floriano era o guitarrista de uma banda pouco conhecida, a Catarse, tinha 21 anos, gostava de Led Zeppelin, discos de vinil, videogame e batata frita. Malhava todos os dias numa academia no centro, sempre às 6h30.

Abaixei o dossiê. Eu teria que ir à academia logo depois de acordar, se quisesse simular um encontro casual. Esplêndido. O sonho de todo ser humano...

— Muito bom, Sarina! — elogiei. — Agende a mesma hora para mim nessa academia. E, por favor, avise que estou apenas trocando de academia. Não vou passar pela avaliação.

— Mas você não frequenta academia nenhuma. Tem uma incrível aqui na cobertura, e você quase nunca usa.

— E ninguém precisa saber disso, precisa? — Estreitei os olhos.

Sarina engoliu em seco.

— Não. Claro que não. Hã... vou avisar ao Abel para se aprontar mais cedo amanhã.

— Faça isso.

Terminei a meia torrada no exato instante em que Bianca acordou. Como de costume, ela não se deu ao trabalho de se olhar no espelho, seus cabelos negros mais pareciam um shihtzu que tomou banho e não foi escovado.

A coisinha esdrúxula se largou na cadeira com estardalhaço, os fones já nos ouvidos. Esticou o braço e encheu o prato com pãezinhos doces, geleia, amanteigados e Nutella. Sério, a quantidade de calorias naquele prato era o suficiente para me manter respirando por uma semana. Era tão injusto. Ninguém come o dia todo e continua magra. Simplesmente não acontece. Só podia ser o metabolismo adolescente.

— Interrompi alguma coisa? — perguntou ela com a boca cheia, e uma chuva de farelos caiu no meu chá.

— Nada. — Empurrei a xícara para longe.

— É, não era nada. — Sarina correu para pegar uma xícara limpa no aparador. — Malvina decidiu que vai começar a frequentar uma academia.

— Por quê? — questionou a menina com desinteresse.

— Porque me deixará saudável.

— Sem querer ofender, fofadrasta, acho que o que te deixaria mais saudável seria comer de vez em quando. — E abocanhou um pão coberto de creme amarelo. — Mas acho que vou com você. Também preciso fazer uns exercícios.

Olhei feio para Sarina enquanto ela me servia o chá. A ruiva se encolheu, sibilando um pedido de desculpas apavorado.

Respirei fundo e apoiei os antebraços na mesa, fitando Bianca.

— Você não precisa me seguir o tempo todo, Bianca. Você tem sua vida, não precisa de mim para nada.

— Sua vida é mais emocionante que a minha — Enfiou um amanteigado na boca. Dessa vez ela engoliu antes de acrescentar: — E, legalmente, sou sua responsabilidade até completar 18 anos.

— Como se eu pudesse me esquecer disso um único dia — resmunguei.

— Além do mais, tô meio sem nada pra fazer. A agência reagendou o ensaio do Menina Veneno para o fim da semana que vem. Vamos pra Suíça, aí você vai poder ficar sozinha.

— Suíça?

— É. — Ela ergueu os ombros. — Querem me fotografar na neve. Acham que o contraste com meu cabelo vai ser interessante. Ou sei lá o quê. Não prestei muita atenção.

Agora, pense comigo por um momento: se você mora com alguém, e por acaso roubou o trabalho dessa pessoa, o mínimo que se deve fazer é tocar no assunto, dizer que sente muito, que a decisão não foi sua e blá-blá-blá, certo? Isso se você for uma boa pessoa. Nunca disse que eu sou, mas aposto que você pensou que Bianca fosse desse tipo, não pensou?

Sei que está tentando encontrar uma explicação para as ações dela. Pode continuar procurando se quiser, mas eu adianto: não vai encontrar nada.

— Que horas a gente vai pra a academia amanhã? — perguntou, de boca cheia. Sarina se apressou em cobrir minha xícara com o iPad. Farelos nojentos grudaram na tela.

— Seis e meia — informou Sarina.

— Legal.

A menina engoliu todo o conteúdo do prato em meio minuto, virou mais um copo de iogurte e finalizou com uma caneca de achocolatado antes de se levantar, levando uma rosquinha. Talvez não fosse o metabolismo adolescente. Talvez o estômago de Bianca fosse diferente e tivesse um buraco negro que mandava todas aquelas calorias e gorduras trans para um universo paralelo.

— Eu estava pensando em aumentar seu salário — contei a Sarina, logo que voltamos a ficar sozinhas.

— Mesmo? — Seus olhos brilharam, um sorriso surgiu na boca. — Ai, Malvina, você é o máximo!

Fiz um gesto desdenhoso com a mão.

— Eu sei disso, mas, sabe, como você fez o favor de contar a Bianca sobre a academia, estou pensando em cancelar seu bônus de natal.

— Bom dia — cumprimentou Abel, vindo da cozinha, parando sob o arco no teto da sala de jantar.

— Bom dia, Abel. — Sorri para ele. — Vamos sair em quinze minutos.

Ele concordou com a cabeça.

— Oi, Abel — saudou Sarina, antes de voltar a olhar para mim. — Escapou sem querer! Você sabe como eu sou, Malvina. Quando vi, já tinha falado. — Ela segurou o iPad junto ao peito. Então se lembrou dos farelos e o afastou com uma careta.

— Se eu diminuir seu salário tenho certeza de que a falta de dinheiro servirá de incentivo para o uso de algum filtro, no futuro.

Abel engasgou, tentando conter o riso.

— Não! — Sarina se apressou. — Quero dizer, não vai adiantar, você sabe que sou a rainha das mancadas. Vou me esforçar mais. Juro! Não fiz por mal. Sabe que eu falo demais, às vezes.

— Esse sempre foi seu grande defeito, Sarina. E é por isso que você continua servindo alguém em vez de ter alguém que te sirva. — Balancei a cabeça uma vez. — Quando vai aprender a manter a boca fechada? Por sua culpa, eu vou ter que aguentar Bianca no meu pé. Às seis e meia da manhã!

— Eu sei, eu sei. É que fiquei tão feliz por ter conseguido te deixar feliz com o dossiê que acabei não prestando atenção ao que eu estava falando. Desculpa. — Se encolheu, com os olhos cintilando. — Não tive intenção de te desagradar.

— Pega leve — disse Abel para mim, se recostando ao aparador. — Você sempre soube que a Sarina fala antes e pensa no que disse depois.

Soltei um suspiro exasperado.

— Está bem. Mas, Sarina, tenta prestar mais atenção no que diz quando estiver perto da Bianca. Não quero que ela saiba de tudo o que acontece comigo. Sobretudo agora. — Voltei a relancear a papelada ao mesmo tempo que a ouvi soltar um aliviado suspiro.

Não, eu não gosto de ser dura com a Sarina, mas ela precisa de alguém que tenha pulso firme para colocá-la no caminho certo. Ela não tem mais ninguém além de mim e Abel. E Abel, com aquele instinto protetor irritante, não a ensinaria a lidar com o mundo. Mas eu podia. Se ela sobrevivesse a mim, seria capaz de sobreviver a qualquer coisa.

— O que é esse dossiê que a Sari mencionou? — Abel quis saber.

— É sobre um músico. — Minha assistente contou antes que eu pudesse abrir a boca. — Por que você quer tanto se encontrar com esse tal de Fernando de novo?

— Porque sim. — Beberiquei o chá.

— Assim, sem qualquer outra razão? O que você quer com ele?

Eu dei risada e a encarei.

— Não posso querer ver alguém, Sarina?

— Até pode — cedeu ela, insegura —, mas é que você *nunca* quer ver ninguém. Pelo menos nunca quis desde que a gente se conhece, e olha que faz tempo pra caramba e... e... — Algo mudou em sua expressão. Os olhos se arregalaram tanto que eu pude ver o branco ao redor das íris azuis. — Ai, meu Deus! Você tá caidinha por ele?

— Ele quem? — perguntou Abel com a voz grave.

— Ninguém — falei, sem olhar para nenhum um dos dois. — Eu só quero agradecer por ele ter sido gentil comigo depois do incidente.

— Que incidente? Você se machucou? O que aconteceu? — Abel chegou mais perto, visivelmente preocupado.

Sarina se virou para a ele, animada, esfregando um guardanapo na tela do iPad para livrá-lo dos farelos grudentos e não viu o olhar que lancei a ela. Um que dizia "feche a boca".

— Um cara muito gato deu uma portada na Malvina, ontem na première. Aí ela ficou louca por ele. Que nem naquelas histórias das cavernas. Bastou um *pou!* para surgirem coraçõezinhos por toda parte.

— Não seja ridícula, Sarina — retruquei, me levantando e evitando contato visual com Abel enquanto me servia de uma xícara de café.

Eu amo café. É minha bebida favorita. Estimulante, confortável e, o mais importante, livre de calorias. É a bebida perfeita.

— Qual é, Malvina? Você acha que eu não te conheço? — Sarina riu. — Nunca te vi correr atrás de ninguém. Estou esperando que isso aconteça há séculos!

— Isso é verdade? — insistiu Abel, mas seu tom era baixo e frio. — Você está interessada nesse sujeito?

Eu desejava manter aquela história longe dos ouvidos dele. E foi justamente por isso que resolvi abrir o jogo. Desejar coisas a respeito de Abel era perigoso para mim.

Girei a cabeça em sua direção.

— E se estiver? — desafiei.

Ele sustentou meu olhar, mas não disse nada. Apenas trincou a mandíbula, cerrou os punhos antes de me dar as costas e sair pisando duro.

— Caramba, Malvina. Você não deveria fazer isso com o Keanu — murmurou Sarina.

Reprimi um suspiro exasperado. Sarina foi a última de nós a chegar no orfanato e, desde que colocou os olhos em Abel, pensou que ele fosse o ator hollywoodiano. Foi difícil convencê-la que ele era só o Abel.

— Abel me conhece há mais tempo que você, Sarina. Ele sabe que não deve perguntar se tem medo de ouvir a resposta.

— Ainda assim, você o magoou. De novo. Você está sempre magoando o Abel. Pode ser que um dia ele fique de saco cheio disso, sabia?

Apertei os lábios até se tornarem uma linha fina e pálida, largando o café no aparador. Odiava magoar Abel, mas ele não desistia. Nunca desistiu de mim, nem quando eu mesma joguei a toalha. Achava que ele nunca desistiria, e isso era um consolo, de certa forma.

— Você se apaixonou pelo Fernando? — questionou ela.

— Sabe muito bem que essa bobagem de amor não funciona comigo, Sarina. Mas eu quero o Fernando. — Me aproximei da janela, os braços cruzados. — Farei tudo o que for preciso para ter aquele homem.

— Pobre coitado. — Ela estalou a língua. — Ele não vai nem ver o que o atingiu.

Era precisamente o que eu havia planejado para ele. Mas eu tinha mais o que fazer do que ficar pensando nisso.

— Vou terminar de me arrumar. Não posso me atrasar para a sessão das sandálias.

— Vou ligar para a equipe avisando que você já está a caminho.

Mais tarde, Sarina mostrou serviço, pegando um táxi até a marina para verificar se tudo estava como deveria. Eu fui com Abel, ainda mal-humorado. Ele não proferiu uma palavra durante grande parte do percurso, e minha paciência chegou ao limite.

— Que saco, Abel. Você vai ficar sem falar comigo até quando?

—Sou seu motorista. Sou pago para dirigir, não conversar.

— Está insinuando que devo contratar sua amizade se eu quiser acabar com essa porcaria de silêncio?

— E se estiver? — retrucou, me olhando pelo retrovisor com aqueles olhos repuxados ainda mais estreitos.

Francamente, às vezes, Abel agia como se ainda estivéssemos na quinta série. Espere eu chegar ao final dessa história. Você vai me dar razão.

— Seria muito ridículo da sua parte — resmunguei —, já que eu não te dei motivo algum para ficar chateado assim comigo.

Uma emoção — tristeza ou desapontamento, eu acho — contorceu suas feições.

— Você acaba de dar. — Voltou a atenção para a rua.
Soltei um suspiro.

— Abel, você sabe como são as coisas comigo. Não quero te magoar. Você é meu amigo. Meu melhor amigo.

— Eu sei. — Ele deixou escapar uma pesada lufada de ar. — E ao mesmo tempo em que isso é a melhor coisa do mundo, também é o pior que poderia ter acontecido.

Não perguntei o que ele quis dizer com aquilo. Não era preciso. Eu já sabia. E acho que você também está começando a entender, não é?

Emburrada, desviei o olhar para a janela.

Ao chegar ao iate — uma bela embarcação de 76 pés — onde aconteceria a sessão de fotos, fui levada para a cabine principal, que tinha sido transformada em um camarim para mim.

O ensaio transcorreu sem qualquer incidente: muitas horas em pé sob o sol forte, o que obrigou a maquiadora a fazer várias pausas para que minha maquiagem fosse retocada e meu cabelo fosse ajeitado de tempos em tempos, já que a maresia não contribuía. Meus pés estavam doloridos quando a câmera espocou pela última vez. Sarina estava a postos com um chinelo confortável e um imenso guarda-sol quando o fotógrafo anunciou que havíamos encerrado.

Eu me sentei no confortável sofá de couro, na popa, e me livrei das sandálias que ameaçavam criar bolhas em meus dedos.

— Você esteve perfeita! — Sarina chutou minhas sandálias para o lado, colocou os chinelos diante de mim e me estendeu meus óculos escuros. — Meu Deus, cada vez que assisto a uma sessão sua fico tão orgulhosa, Malvina.

• 65 •

Você é realmente incrível! Nasceu para fazer isso. Quer que eu pegue alguma coisa para você beber?

— Obrigada, Sarina, talvez daqui a pouco. No momento só quero ficar aqui, refestelada, sentindo o balanço das ondas. — Encaixei os óculos no rosto.

— Isso me deixa um pouco enjoada. Prefiro não ficar prestando atenção. — Depois de um instante de hesitação, ela se sentou a meu lado. — Malvina, eu estava aqui pensando... Seu único compromisso amanhã será depois do almoço. Será que eu poderia ter algumas horas de folga pela manhã? Preciso resolver um assunto.

— Aconteceu alguma coisa?

— Bom... meu tio-avô morreu. Sou a única parente viva. Ele deixou tudo o que tinha para mim.

— Que notícia maravilhosa!

— Malvina! — Ela me olhou feio.

— O quê? — Levantei os óculos. — Você tinha algum contato com ele? Ele quis saber de você depois da chacina no morro, quando toda sua família foi assassinada?

Ela sabia que eu sabia a resposta, então apenas balançou a cabeça.

— Então por que fingir que se importa, Sarina?

— Porque parece certo. É um ser humano. Que *morreu*.

— Não me parece tão humano assim se abandonou uma menina de 5 anos à própria sorte. — Me ajeitei melhor no sofá. — O que ele te deixou?

Isso trouxe um pouco de cor ao seu rosto.

— Uma casinha. O advogado mandou algumas fotos. — Pegando o iPad na bolsa, ela correu os dedos na tela.

Não precisei olhar para a foto por mais de dois segundos para entender que a casinha na verdade era uma construção caindo aos pedaços, com a tinta descascando, de modo que a maior parte da fachada era cinza.

— Nossa!

— Eu sei! — Ela se animou, totalmente alheia ao meu horror. — É lindinha. Depois de uma demão de tinta, pretendo fazer um belo jardim aqui na frente. E até que enfim vou poder ter um cachorro. Eu sempre quis um, mas meu apê alugado é minúsculo. Só preciso assinar a papelada, e aí posso me mudar. Eu queria ir amanhã, se não tiver problema.

— Pode ir. — Suprimi um tremor enquanto pensava que eu não moraria naquele lugar nem se me pagassem em dólar. Em euros! — Apenas esteja de volta depois de uma da tarde.

— Você é o máximo, Malvina!

— E eu não sei disso? — Sorri para ela, colocando os óculos de volta no rosto, deixando meu corpo ser engolido pelo estofado.

Ao virar a cabeça para evitar a claridade no rosto, reparei na embarcação ao lado. Um luxuosíssimo Numarine 78 Hardtop cinza, com as iniciais JR desenhadas no casco. Quando comprei o meu iate cogitei adquirir este modelo, mas acabei optando por um Flybridge da mesma marca. Tinha na cor roxo. Eu sempre fiquei muito bem de roxo.

Dentro da cabine espaçosa, sentado no sofá da sala confortável, um rapaz trabalhava em vasos de rosas, podando as flores com muito cuidado. Seus lábios se moviam, como se falasse com as plantas.

Sarina também o viu.

— Ei, não é o carinha de quem a Bianca ficou a fim? O que estava na première?

Analisando mais atentamente, percebi que era o mesmo homem, sim. Os cabelos compridos estavam presos no alto da cabeça em um coque samurai, o maxilar sombreado pela barba, o peito nu revelava — além de belos músculos — uma coleção de tatuagens que, daquela distância, não pude identificar o que eram.

Ele ergueu o rosto e me flagrou olhando. Inclinando a cabeça de leve, arqueou uma das sobrancelhas. Como sustentei o olhar, o rapaz abandonou a tesoura e as plantas, e saiu para o deck, vindo até a beirada e parando a poucos metros de mim.

— Se soubesse que seria observado por uma plateia tão ilustre, eu teria me arrumado um pouco. — Abriu um sorriso torto.

— Belo barco. — Péssimo nome. Quem daria o nome de Júnior a um iate de 78 pés?

— Valeu. Tá a fim de conhecer por dentro? Bastante confiante, não?

— Eu tenho um Flybridge. Imagino que sejam bem parecidos.

Ele arqueou uma das sobrancelhas.

— Quem é seu comandante? Talvez eu conheça.

— Ninguém toca no Queen II, meu bem. Apenas eu. — Caso esteja se perguntando, nunca houve um Queen I. Esse posto é meu e só meu. E sou uma ótima comandante. Cheguei até a fazer um curso. — Não confio em mais ninguém para cuidar dele.

— Então você não é apenas um rosto lindo, hein? — Ele colocou as mãos nos bolsos do jeans enquanto me avaliava com novos olhos. — Escuta, por que não vem para cá?

Podemos ficar no deck e trocar algumas dicas de trajetos na costa. Adoraria ouvir sobre os lugares aonde gosta de ir. Acabei de chegar e não conheço muita coisa na região.

Era só o que faltava. Perder meu tempo ensinando alguma coisa a quem quer que fosse. Não me olhe assim. Sabe que eu sou uma mulher ocupada. Perder tempo significa perder dinheiro. Você devia prestar atenção nas coisas que eu digo, sabia? Talvez ajude sua conta bancária a sair do vermelho.

Só estou dizendo.

— Lamento, mas não posso. — Fiz uma ótima encenação que dizia "poxa, isso não é horrível?". — Tenho vários compromissos.

— Que pena. Adoraria ter um pouco de conversa interessante, para variar. Você parece ser uma mulher muito inteligente.

— Está absolutamente certo quanto a isso.

— Além de ser a coisa mais linda que eu já vi.

— Certo outra vez. — Abri um sorriso estonteante.

Ele deu risada, inclinando a cabeça para o lado e esfregando o pescoço. Os bíceps se estufaram com o movimento; belos, bronzeados e poderosos. Foi impossível olhar para outra direção. Tenho certeza de que ele fez aquilo de propósito.

Normalmente, não dou corda para esse tipo de investida. Imagine só! Eu não faria mais nada da vida! Mas sabe uma coisa? Perder o posto de Menina Veneno para Bianca mexera comigo. Muito mais do que eu gostaria de admitir.

Cher — a diva das divas — uma vez disse que os homens não são uma necessidade, mas um luxo, feito sobremesa.

Concordo com ela. Eu não preciso de sobremesa para viver, mas é divertido provar uma de vez em quando. Um pouco de atenção era tudo de que meu ego precisava para recuperar a confiança.

— Quer saber? — falei. — Acho que ainda tenho uns minutinhos livres.

— Legal.

Ouvi o estalo quando o queixo de Sarina caiu no chão. Figurativamente falando, claro.

— Malvina — começou ela. — Você tem que estar pronta para um recital na embaixada francesa em uma hora e meia. Acho que... — Sua voz sumiu quando eu fiz um gesto com a mão enquanto calçava os chinelos. Ela suspirou. — Está bem. Você deve saber o que está fazendo.

— É claro que eu sei. — Passei a mão na bolsa e escapuli.

6

DE MALHA E TÊNIS, MALVINA NEVES VAI ÀS COMPRAS. O MOTORISTA GATO ESTAVA COM ELA!

5 truques que vão deixar seus fios brilhantes como os cabelos da maravilhosa Malvina Neves!

ENTREVISTA EXCLUSIVA COM BIANCA NEVES.
A nova Menina Veneno está dando o que falar.
"Como tudo o que eu quero, e não engordo."

Bianca Neves toma sorvete depois de sair da academia.

Eu estava na esteira havia uns bons cinco minutos, a atenção fixa na porta da academia. Bianca estava em algum lugar por ali. Com certeza na lanchonete, tentando encontrar algo calórico.

A impaciência começou a me dominar. Francamente, se discute tanto os direitos humanos e ninguém nunca pensou em criar um artigo que proíba as pessoas de saírem da cama antes das 10h da manhã? É cruel, desumano! Não me espanta que tanta gente — pessoas como você, meu bem — seja tão mal-humorada, acordando ainda de madrugada.

Senti as primeiras gotas de suor surgirem em minha nuca quando Fernando enfim apareceu com seu andar estilo "dono do pedaço". Ele vestia uma regata branca e bermuda escura, os cabelos castanhos ocultos sob o boné. Uma coleção de tatuagens negras recobria a pele do braço esquerdo, do ombro até a metade do antebraço. Seus olhos, como que capturados pelo canto de uma sereia, se voltaram em minha direção. O reconhecimento foi imediato, e algo naquelas íris ambarinas se inflamou.

Não era de se admirar. Apesar do rabo de cavalo despojado e da regata soltinha, o short curto deixava minhas pernas completamente à mostra, e a maquiagem à prova d'água cumpria seu papel.

Um sorriso preguiçoso esticou seus lábios enquanto ele se aproximava.

— Malvina. — Meu nome soou como uma carícia em sua boca.

Diminuí a velocidade da esteira.

— Fernando, que surpresa. Pensei que nunca mais fosse te ver de novo. Eu chamaria isso de uma feliz coincidência.

— E eu chamaria de uma segunda chance. Fiquei tão mortificado pelo que te fiz anteontem que não consegui pensar direito e acabei deixando você escapar. Pensei que teria que acertar a cabeça de muita gente para conseguir te encontrar de novo.

Sorri. Ele pensara em mim.

E por que não pensaria?

— Você tem o hábito de bater nas pessoas com a porta, é? — brinquei.

— Apenas nas muito especiais. — Ele sorriu em resposta.

As muito especiais. Seria fácil.

— O que mais você gosta de fazer com as muito especiais? — Baixei a voz até que ela se tornasse um ronronar sexy.

— Isso é segredo. Você só vai descobrir se aceitar...

Um som estridente atingiu meus ouvidos e me encolhi em completo horror. Fernando também ouviu o berro, e procurou ao redor pelo animal agonizante. Encontrou Bianca em um dos aparelhos, puxando a alavanca da máquina, os fones acoplados nos ouvidos.

— *Você é meu vício, meu ma-al...* — cantarolava ela.

— Se eu aceitar...? — instiguei, mas Fernando não me ouviu. Sua atenção estava na coisinha sem graça fazendo caretas enquanto cantava de olhos fechados.

— *Tipo uma heroína que me entorpece a cabeçaaaaa-aa...*

— Fernando? — chamei.

— *Preciso cair fora da sua vidaaa-aa...*

— Fernando, você tá me ouvindo?

— *Antes que eu me afunde nessa merda federal. Fedeeeeral. Al. Al. Al. Federaaaa-al...*

— Fernando! — berrei, impaciente.

Isso o trouxe de volta. Bom, mais ou menos. Sua expressão continha prazer e deslumbramento, e eu sabia que não era por minha causa.

— Essa música é minha. Fui eu que compus! — contou ele.

— Qual?

— A que a princesinha tá cantando. Nunca ouvi alguém cantar uma das minhas letras. — Ele voltou a encarar Bianca. — Ainda mais uma menina tão bonita.

— Ela ouve qualquer mer... hã... tipo de música.

Seus olhos se voltaram na minha direção no mesmo instante.

— Você conhece ela?

— É minha... irmã. — Porque, como eu já disse, madrasta é um termo que não me cai bem. — Ela sofre de um transtorno muito raro. Se chama... Transtorno da Semnoçãozice.

A testa dele se enrugou.

— É mesmo? Nunca ouvi falar, mas ela parece tão normal, tão... — voltou a olhar para ela — maravilhosa, na verdade. Você precisa me dizer o nome dela.

— Você não estava prestes a me propor alguma coisa? — Fiz o meu melhor para não soar irritada.

Ele se virou para mim.

— Estava? Eu não sei. Eu... — Ele voltou a admirar Bianca. — Essa menina me fez esquecer todos os meus pensamentos.

Fernando passou as mãos nos cabelos, alisou a camiseta, endireitou os ombros e, como se eu não fosse nada além de um bebedouro de água sem importância, me deu as costas e se adiantou na direção de Bianca.

Eu o observei se aproximar do aparelho onde estava a garota, descansar um dos braços no apoio de metal e sorrir para ela. Levou um tempo para que Bianca o notasse, e aquele olhar entediado pareceu fasciná-lo. Quanto menos interesse ela demonstrava, mais ele se esforçava para atrair sua atenção. Até que, por fim, funcionou. Eu sei disso porque ela removeu os fones dos ouvidos.

Queimando de raiva, soquei os botões da esteira e desci da máquina, saindo da academia sem falar com ninguém. Abel estava ao volante do Cadillac, jogando alguma coisa no celular quando entrei e bati a porta. Ele se sobressaltou, deixando o telefone cair.

— Não esperava que fosse sair tão cedo. — Ele se abaixou para pegar o celular no chão do carro.

— Só me tira daqui, Abel. Agora.

Ele se virou, apoiando o braço no encosto do passageiro e me analisou por apenas um segundo.

— Você está irritada. O que houve?

— Ah. Agora você quer falar comigo, é? — Desde o dia anterior ele mal me dirigia a palavra.

— Eu não devia. Mas odeio brigar com você. Amigos de novo? — Arqueou as sobrancelhas.

Eu também odiava brigar com ele. Soltei um suspiro.

— É. Amigos de novo.

— O que aconteceu? — insistiu.

Balancei a cabeça.

— Só me leva para qualquer lugar antes que eu mate alguém.

Sem mais uma palavra, Abel deu a partida. Ele me conhecia bem o suficiente para saber quando eu estava prestes a fazer uma loucura.

Sei o que está se passando nessa sua cabecinha educada à base de horóscopos. Na tarde anterior, eu tinha dado mole para o carinha em quem Bianca estava interessada, e agora o universo conspirava para me dar o troco. Mas existia uma grande diferença ali. O tal Tiago Huck (não, ele não é parente do apresentador de TV. Eu perguntei.) não estava a fim de Bianca. Na verdade, ele nem sabia qual delas era a Bianca — eu também cheguei, só porque gosto de me manter informada. A culpa não é minha se ele tem bom gosto e ficou louco por mim.

(Ah, você está curioso para saber se rolou alguma coisa entre nós dois? Bem, acho que vou deixar isso para sua imaginação. Vou me limitar a dizer que Tiago é uma sobremesa... hã... surpreendente, como mousse de menta com calda de chocolate.)

Já Fernando estava interessado em mim. Quase me convidou para sair... se aquela coisinha esdrúxula não tivesse atrapalhado. Então percebe? Não tinha qualquer relação com essa baboseira de carma, mas sim com Bianca ainda se metendo nos meus assuntos.

O carro arrancou, rosnando furioso como se estivesse de acordo comigo. Tudo o que eu sentia naquele momento era raiva, por isso prestei pouca atenção no caminho que estávamos fazendo. Eu confiava em Abel. Fiz de tudo para afastar da mente a expressão patética que Fernando fez enquanto se debruçava e tentava seduzir a menina, me ignorando totalmente. Mas não fui capaz. As imagens daquela manhã se misturaram com as de quando fui chutada da campanha do perfume.

Trocada por Bianca. Duas vezes. Minha respiração acelerou, o ar parecia não chegar aos pulmões, um leve tremor me sacudia.

Aquela garota estava começando a me irritar *de verdade*.

O carro parou, e olhei distraída pela janela. Estávamos em frente a uma das minhas lojas preferidas. Agradeci ao universo pelo presente que era Abel.

Desci do carro antes que ele pudesse dar a volta e abrir a porta para mim. As vendedoras ainda estavam arrumando a vitrine quando entrei e me olharam com cara de espanto. Provavelmente porque eu nunca:

a) saía na rua em roupas esportivas, e;

b) aparecia em público antes do meio-dia.

— Malvina! Meu Deus, que delícia te ver logo cedo! — A gerente da loja correu ao meu encontro. — Como posso ajudá-la, querida?

— Preciso de algumas coisinhas. Algo atraente.

— Tudo fica atraente em você. — Ela sorriu de um jeito meio maternal.

E è por isso que eu gosto tanto de fazer compras.

Duas horas mais tarde eu saí da loja com 18 sacolas grandes.

Não faça essa cara, cada um lida com a rejeição da sua maneira. Essa é a minha. Roupas e sapatos novos foram um ótimo antídoto para o que eu estava sentindo.

Abel estava encostado no sedan azul-marinho, as pernas cruzadas na altura dos tornozelos, as mãos apoiadas tamborilando no capô. Ele se endireitou logo que me viu passar pela porta.

— Tem mais alguma? — pegou as sacolas.

— Não, só essas.

Ele relanceou minhas compras e sorriu de leve.

— Então não está tão ruim assim — zombou. — Dezoito não é um bom número para você.

Era uma droga conviver com Abel, às vezes.

— Você não sabe de nada, Abel — retruquei.

— Vão na mala ou...

— Comigo. Quero tudo perto de mim.

Entrei no carro e me acomodei ao lado das minhas novas aquisições, acariciando as pontas de papel de seda que escapavam das sacolas, e suspirei.

— Mais calma? — perguntou Abel, dando a partida e me olhando pelo espelho retrovisor.

— Não muito.

— Quer falar sobre o que aconteceu?

— Não nessa vida.

Ele assentiu com firmeza.

— E Bianca? Por que ela não veio com você?

— Por que está preocupado com ela, Abel? — perguntei, irritada. — Por acaso você também tem uma queda por ela? Porque vou logo avisando que você seria preso caso se envolvesse com aquela coisinha sem graça menor de idade.

Ele me lançou um olhar duro, frio como uma madrugada londrina.

— Às vezes você é tão absurda.

Imagino que você ainda não tenha entendido muito bem minha relação com Abel. Sendo franca, eu mesma não sei se compreendi completamente, mas abordarei o assunto mais para a frente. Juro. Sei que você está curioso, mas realmente preciso seguir a história, porque o pior ainda está por vir.

Ah, sim, existia algo muito pior que aquela coisinha ridícula chamada Bianca roubar uma campanha que era minha e ganhar o coração do homem que eu decidi que seria meu. Algo que transformou aquilo numa guerra pessoal.

No instante em que pus os pés dentro de casa, Sarina me interceptou:

— Poxa, custava ter ligado avisando aonde ia? Fiquei preocupada, Malvina. Bianca me contou que você sumiu da academia. Ela teve que voltar de táxi. Pensei que você tivesse sido sequestrada!

— Fui fazer umas compras. — Retirei os óculos escuros e passei direto por ela. — Abel está subindo com as sacolas.

— Ah. Aaaah! — Sarina me conhecia bem o bastante para entender logo de cara que algo não ia muito bem.

— Mas... não entendo. O que aconteceu? Você não ia seduzir o tal roqueiro? Por que decidiu fazer compras?

— Porque não tive nem chance de tentar seduzi-lo. Alguém chegou antes.

Sarina começou a rir.

— Isso não é possível. Ninguém resiste a você.

Parei na mesma hora e me virei para minha assistente.

— Não é piada, Sarina. — Lancei a ela um olhar severo. A risada morreu em sua garganta.

Antes que o espanto no rosto dela se transformasse em pena, marchei para minha suíte. Precisava de um banho demorado e depois encharcar minha pele com todos os tipos de hidratantes que pudesse encontrar. Entrei no quarto, mas me contive, derrapando no piso liso assim que vi um par de All Star azul balançando em cima da minha cama. (Eu sei. Se aquela cama pudesse falar, estaria completamente revoltada. De Louboutin a All Star? Era muita decadência.)

Bianca, de bruços no colchão, girou o rosto e revirou os olhos.

— Ah, finalmente você chegou. O que aconteceu para sair daquele jeito da academia?

— O que você está fazendo no *meu* quarto?!

Sempre tãããão perspicaz, ela não notou que eu estava a um passo de avançar nela e continuou a balançar as pernas.

— Fiquei te esperando na academia. Você deveria ter me avisado que ia embora.

— Não quis atrapalhar. Você estava ocupada, falando com um rapaz.

— Não era ninguém especial. — Ela deu de ombros. — Bom, não sei, né? Achei ele um pé no saco no começo, mas aí descobri que é o guitarrista da Catarse. E ele me convidou pra sair, dá pra acreditar?

— Sinceramente, não.

Então reparei o que ela estava segurando. Joguei a bolsa na poltrona salmão e corri para a cama.

— O que você tá fazendo com o meu iPad?

— Estava brincando para passar o tempo. Esqueci de recarregar o meu. Adorei esse joguinho de beleza. Fiz 99 pontos!

Eu estava esticando o braço para pegar meu tablet quando estanquei, o coração subitamente batendo com ferocidade.

— O... o quê?! — perguntei, tentando controlar o choque.

Ela não podia ter feito 99. Era uma marca quase impossível de se conseguir.

— Esse aqui, ó! — Apontou para a tela. — Divina Proporção. Vou baixar no meu. Adorei.

— Você deve ter se enganado. Noventa e nove é uma contagem altíssima. Ninguém consegue atingir.

— Mas eu consegui. Quer ver só?

Ela ligou o aplicativo e tirou a foto antes que eu pudesse detê-la. A imagem sorridente de Bianca foi analisada pelo aplicativo em segundos, e a reposta foi como uma bala se alojando no meu cérebro.

Cem por cento! Você é a própria Divina Perfeição.

— Uau! Fiz 100! Viu isso, Sarina?

Não sei ao certo qual foi a reação da minha assistente. Eu nem tinha me dado conta de que ela havia me seguido, para começo de conversa. Minha atenção estava voltada para o número da tela. Cem por cento. E Bianca nem usava maquiagem.

— Sai do meu quarto, Bianca — falei.

— Fofadrasta, eu...

— Sai daqui, agora! — berrei.

— Vem, Bianca. Malvina precisa se aprontar para o próximo compromisso. Por que você não vai comer alguma coisa enquanto isso?

— Pode ser. — Ela me entregou o aparelho. — Acordar cedo me deixou cheia de fome.

A porta foi fechada. Furiosa, arremessei o iPad contra a parede, mas graças ao case protetor, ele não se espatifou como eu desejava.

Pensei que estivesse sozinha, mas Sarina continuava ali.

— Calma, Malvina. É só uma porcaria de aplicativo que deve ter dado bug. Além do mais, ninguém leva isso a sério.

— Eu levo, Sarina! — Comecei a andar de um lado para o outro. — Ninguém tem uma pontuação maior que a minha. Nenhuma das modelos, nem mesmo a Laís. Nem o Inácio!

Minha pontuação era absoluta naquele aplicativo. Ninguém, jamais, havia chegado nem perto de me superar. Sei disso porque o app tem um ranking e meu rosto sempre esteve em primeiro lugar. E agora Bianca havia me superado e todo mundo saberia disso. Argh! O que aquilo significava? Que eu estava perdendo minha... eu estava... Meu Deus, tremi só de pensar que eu poderia estar ficando... *feia*?

Um medo apavorante de que eu pudesse estar perdendo minha beleza me paralisou por alguns instantes. Então eu vi meu reflexo no espelho: a pele, os olhos brilhantes e expressivos, a boca rosada e carnuda, o corpo sequinho dentro da malha da academia. Percebi que estava sendo tola.

Quer dizer, olha só para mim! Sei que a palavra fabulosa está pipocando em sua cabeça, meu bem. Está escrito na sua testa.

Então, se eu não estava ficando feia, devia ter outra explicação para a pontuação da Bianca. Uma que, a princípio, refutei com a mesma firmeza com que rejeito carboidratos. Mas ela se embrenhou em meu cérebro mesmo assim, como um zumbido irritante do qual eu não conseguia me livrar.

Bianca é... bonita.

Está vendo? Eu posso ser magnânima e admitir isso. Mas não espere ouvir de novo. Já foi difícil dizer em voz alta uma vez.

Foi naquele instante que percebi que eu havia me equivocado em meu julgamento e que o tipo de beleza dela — clássica, mas sem qualquer traço marcante ou interessante — ainda era apreciada. Ao menos pelos criadores do *Divina Proporção*.

Um bando de nerds desocupados, se quer saber a minha opinião. Porque, segundo aquele aplicativo de merda, Bianca era considerada mais bonita que eu, e isso era impossível.

Inconcebível!

A coisa mais absurda desde a pochete.

— Sinto muito — murmurou Sarina. — Eu não sabia que ela tinha vindo para cá ou teria pedido para que saísse. Bianca não devia ter mexido nas suas coisas.

— Bianca não deveria existir! — vociferei.

— Bom, mas ela existe e não há nada que você possa fazer quanto a isso.

Não mesmo?

Bianca podia se tornar a nova Menina Veneno, ganhar o coração do homem que eu queria, mas minha beleza... Não, ela não me colocaria sob sua sombra. Ninguém faria isso. Era tudo o que eu tinha.

Sim, meu bem, você está certo. Foi naquele momento que decidi agir. Você é um bom observador.

• 83 •

Infelizmente, Sarina também é.

— Certo, Malvina? Não há nada que você possa fazer, né? — insistiu, um tanto apreensiva.

— Bem... — Sorri complacente para ela.

QUANTO GASTA UMA CELEBRIDADE?
Tivemos acesso a fatura de um dos cartões de crédito da supertop Malvina Neves. Prepare-se: a soma é exorbitante!

De saia longa e tênis, Bianca Neves se diverte com as amigas em badalada casa noturna.

MALVINA NEVES, A DIVA QUE VOCÊ QUER COPIAR!
Separamos alguns looks incríveis da rainha das passarelas para você se inspirar e arrasar!

BIANCA NEVES É FOTOGRAFADA COMPRANDO CAPINHA PARA O CELULAR.

eixe-me esclarecer esse ponto. Sei o que você está pensando, e não, eu não pretendia matar Bianca. Pensei que a esta altura você já me conhecesse um pouco melhor, mas tudo bem. Vamos em frente para que você possa me entender.

No fim daquela tarde, eu me reuni com Sarina e Abel na sala do loft que eu mantinha apenas para entrevistas. Era espaçoso e feminino, decorado com espelhos por toda a parte e obras de arte que pessoalmente eu não achava lá grandes coisas, mas que impressionavam.

Abel ouvira, em silêncio, tudo o que eu havia planejado, embora eu pudesse sentir sua reprovação no ar como uma presença física. Ele preferiu se manter de pé em vez de se sentar comigo no sofá de couro branco, apoiando-se no aparador maciço repleto de porta-retratos de prata de tamanhos variados.

Sarina, por outro lado, foi tão eloquente quanto eu esperava.

— Ai, Malvina, por favor, não faz isso comigo — gemeu, nervosa, andando de um lado para o outro na sala ampla.

— Não estou pedindo nada que não seja razoável. Você me negaria um favor, Sarina? Um favorzinho de nada?

— Você sabe que eu te adoro e que serei grata pelo resto da vida por ter voltado naquele lugar e me tirado de lá, mas não posso simplesmente drogar uma menina.

Revirei os olhos.

— Não seja tão dramática. Você não vai drogar ninguém. Tudo o que precisa fazer é colocar um pouco desse pozinho inofensivo no que ela estiver comendo. — Estendi

• 86 •

um pequeno frasco contendo um pó branco a ela. Sarina apenas o encarou. — Não fará mal, Sarina. Causará uma ligeira confusão mental, nada que ela já não faça por aí, como desconfio. É um tipo de "boa-noite Cinderela". — Irônico, não? — Embora seja muito mais fraco, a desorientação dura um pouco mais.

— E o que pretende fazer com ela depois? — perguntou Abel, o quadril encostado no aparador e os braços cruzados. Sarina tinha razão. Olhando-me daquele jeito sisudo, as sobrancelhas quase unidas, ele ficava muito parecido com o Keanu Reeves, versão *Velocidade máxima*.

— Nada — respondi. — Bianca precisa de férias. Farei com que descanse por uns tempos, na casa de campo no interior de Minas. Só preciso que ela fique fora por uns dias.

— E se ela não quiser ficar lá? — insistiu ele.

— Ela vai querer, Abel. Com a ajuda disso. — Ergui o vidrinho contendo o pó branco. — Ela vai fazer o que eu disser por uma semana, mais ou menos. É tempo suficiente para que eu possa ajeitar as coisas por aqui. Não farei mal a ela.

Esse era o meu plano. Como vê, nenhuma tentativa de assassinato. Tudo o que eu pretendia era manter Bianca afastada da cidade até que minha vida entrasse nos eixos de novo.

— Por que precisa que ela fique longe? — perguntou ele, o rosto impassível.

— Porque, por causa dela, eu estou perdendo alguns contratos. — Achei melhor deixar o restante de fora. — E isso não é justo, Abel. Eu lutei muito para chegar aonde

• 87 •

cheguei. Ela me roubou a campanha do perfume. Era meu contrato mais importante! E ela nem mesmo disse um mísero "sinto muito"! Simplesmente foi lá e tomou meu posto de Menina Veneno como se estivesse pegando uma blusa emprestada.

Abel deliberou por um bom tempo, mas começou a baixar a guarda. Sei disso porque ele descruzou os braços e apoiou as mãos no aparador, tamborilando os dedos no tampo.

— E você pretende recuperá-lo — concluiu.

— E você pode me condenar por lutar pelo meu emprego? Por fazer tudo o que puder para manter o posto que batalhei tanto para conquistar? Se Bianca não estiver aqui na sexta, quando deveria pegar o avião até a Suíça para fazer o ensaio da campanha, vão perceber que ela é irresponsável... e nós dois sabemos que ela é. Eles vão voltar atrás e me chamar de volta. Só estou fazendo o que eu sempre fiz, Abel. Lutando para sobreviver.

Está vendo como as coisas funcionam? É claro que eu estava puta da vida e que desejava que aqueles idiotas do Menina Veneno fossem acometidos por uma crise de urticária. E isso incluía a Laís. Senti que ela não lutara por mim como deveria. Mas também percebi outra coisa. Os investidores só notaram Bianca porque eu permiti que isso acontecesse. Em algum momento deixei uma brecha para que eles olhassem para os lados. Eu tinha errado feio. E precisava corrigir esse erro imediatamente.

Surpreso com essa confissão? Bem, um dos segredos do sucesso é saber lidar com os erros. E quando se erra, só se tem duas opções: para baixo ou para cima.

Ficar se lamentando eternamente ou fazer alguma coisa para remediar o fracasso. Você deve estar pensando que não é bem assim que funciona, e eu respondo: é por isso que você ainda anda de ônibus. É mais fácil reclamar que sua vida profissional não deslanchou, que sua conta bancária está sempre no vermelho, que sua vida amorosa anda um caos, do que admitir que ficou pelo caminho por não ter lutado o suficiente diante do primeiro obstáculo. Mais fácil que arregaçar as mangas e *fazer* alguma coisa para reverter a situação. Pessoas assim não estão dispostas a abrir grandes concessões a fim de alcançar um objetivo e se contentam com reclamar e reclamar e reclamar.

Aí vai mais uma dica: você é o único responsável pela vida que leva. Somos nós quem criamos nossas oportunidades. E para ter sucesso, é preciso estar consciente de que cada um de nós é o único culpado por tudo de bom ou de ruim que nos acontecer. Se pensa que este é mais um papinho sobre pensamento negativo atrair negatividade, blá-blá-blá, está equivocado. É muito mais simples — e racional — que isso. As pessoas tendem a se cercar de outras que pensam de forma parecida. Assim, aqueles que gostam de se lamentar podem se lamentar juntos, felizes da vida, em vez de encarar as dificuldades. Já as bem-sucedidas querem distância de gente assim: só se relacionam com figuras de sucesso, porque os assuntos batem, porque abrem portas umas para as outras, pensam juntas em soluções em vez de reclamar dos problemas. É muito mais vantajoso. Aposto que você nunca tinha pensado dessa forma.

Você devia anotar isso e colar no espelho do banheiro para jamais se esquecer. Não precisa me agradecer mais tarde, quando estiver comprando seu primeiro carro importado. Estou me sentindo muito generosa hoje. Considere um presente, meu bem.

Voltando à história, Abel sempre soube como minha cabeça funciona, e percebeu que tudo o que eu estava fazendo, além de inofensivo, era justo. Bom, não tenho certeza quanto a esta última parte, mas gosto de pensar que ele concordava comigo, já que perguntou:

— E onde eu entro?

— Você vai levá-la até a casa de campo, claro. Não posso colocar Bianca num helicóptero. O piloto faria perguntas. Não confio nele tanto assim, Abel. Só em você. — Lancei a ele meu sorriso mais doce.

Funcionou, como sempre.

— Considere feito. — Ele assentiu uma vez.

Estiquei-me no sofá branco para apertar seu antebraço com delicadeza.

— Sabia que você não iria me decepcionar, Abel.

Sarina bufou ao vislumbrar o lindo sorriso que ele dedicou a mim. Eu estava ciente da quedinha que ela achava que tinha por ele, mas minha assistente também sempre soube que Abel me seguiria a qualquer lugar. Desde que ele chegou ao orfanato, aos 9 anos, tinha sido assim. Ele achava que deveria me proteger, pois eu não passava de um fiapo de gente com aspecto pouco saudável. Abel tem um instinto protetor, mas comigo era diferente. Sempre foi. Nunca precisei de proteção — ou pelo menos, não mais do que ele precisava —, mas não é reconfortante saber que alguém se preocupa com você dessa maneira? Por isso foi tão difícil quando ele...

Não. Ainda não estou pronta para falar sobre Abel. Acho melhor seguirmos em frente.

— Está bem — comentou Sarina, se jogando no sofá, de cara amarrada. — Até agora, compreendi quase tudo. Só me explica por que logo eu tenho que dopar Bianca.

— Não é dopar — corrigi depressa. — É apenas induzir a um estado de relaxamento. E tem que ser você porque eu nunca servi nada pra aquela coisinha sem graça. Você pega comida pra ela o tempo todo, porque Bianca é tão preguiçosa que nem ao menos se dá ao trabalho de se levantar para comer. Ou você achou que eu não sabia dos seus serviços de garçonete, Sarina?

— Eu... eu só... — Piscou algumas vezes, mordendo o lábio inferior. — Não custa nada fazer um favor, Malvina.

— E custa agora? Quando o favor é pra mim, de repente é difícil demais, é isso?

— Não! — Seus olhos se arregalaram. — Não é nada disso. É que... Ai, Malvina, você está me confundindo toda. Meus instintos me dizem que é errado, mas você faz parecer que é certo.

— Porque é. Apenas coloque o pó na comida dela. Eu mesma colocaria, se não corresse o risco de estrangular Bianca. E Henrique, onde quer que ele esteja, ficaria muito chateado comigo se isso acontecesse.

— Sua lealdade a ele é tocante! — falou Sarina com ironia.

— Não use esse tom com ela. — Abel a repreendeu, se endireitando. — Você não tem o direito, Sarina. *Ela* sabe ser grata. Sempre foi leal ao marido. Eu sei disso melhor que ninguém... — concluiu, com um pouco de desespero distorcendo sua voz.

Ah, meu fiel e leal Abel.

Mirei seus olhos castanhos, fazendo um agradecimento silencioso. Ele retribuiu o olhar, uma quentura gostosa começou a se espalhar no meu peito. Desviei a atenção para Sarina antes que aquilo saísse de controle.

— Você não precisa fazer nada que não queira, Sarina... — comecei. — Apenas pensei que poderia me ajudar com esse probleminha. Achei que ficaria contente por poder retribuir a ajuda que eu te dei durante todos esses anos. Não se esqueça de que, se não fosse por mim, você estaria na rua agora, fazendo sabe-se Deus o que para sobreviver. Mas não faz mal. Posso encontrar alguém que entenda o significado da palavra gratidão.

— Ai, Malvina, sabe que sou grata a você. Sabe que eu te adoro! — Ela pressionou as têmporas fazendo uma careta. — Argh! Tá certo, eu faço, coloco o remédio na comida dela. — Pegou o frasco da minha mão.

— Boa menina. Como foi com o advogado? Já acertou toda a papelada?

Seu humor mudou, os olhos azuis subitamente se encheram de luz.

— Sim! Já estou com a chave da minha casinha. Ai, Malvina, nem acredito nisso! Eu tenho uma casa só minha! Vou pra lá assim que você não precisar mais de mim. Quero me mudar no fim de semana.

Eu não entendia Sarina. Não conseguia compreender toda aquela animação por causa de uma choupana caindo aos pedaços. Ainda assim, reagi como ela esperava que eu reagisse.

— Que notícia maravilhosa, Sarina! O Abel pode te levar até lá mais tarde.

— Verdade?

— Se ele não se importar... — Dei de ombros.

— Claro que eu não me importo — disse Abel. Ao contrário de mim, a novidade o empolgava de verdade. — Estou curioso para conhecer o seu cafofo, Sari. E se precisar de ajuda com a mudança, já sabe...

— Valeu, Abel. Um par de braços fortes é sempre muito bem-vindo. — Piscou para ele. Então voltou a atenção para mim. — Quando colocaremos o seu plano em prática?

— O mais rápido possível. — Abri a bolsa e peguei o celular novo que eu comprara especificamente para aquele fim. — Troque o celular de Bianca por este.

— Por quê?

— Porque se puderem contatá-la essa trabalheira toda não servirá de nada, Sari — explicou Abel pacientemente, se aprumando e indo em direção à porta.

Abel, um sobrevivente como eu, tinha um raciocínio espetacular, sempre em sintonia com o meu. Uma pena que eu não pudesse me permitir sentir atração por ele. Lamentável, de fato.

— Exato — concordei. — Preciso ir a uma reunião na agência agora, depois Abel te deixará na cobertura. A coisinha deve estar em frente ao videogame. Logo que a droga fizer efeito, troque os aparelhos e me ligue, mas passe o telefone para Bianca. Enquanto ela estiver sob o efeito dessa fórmula, é importante que você não diga nada além de comandos simples, como entre no elevador, sente-se, essas coisas. O restante é comigo.

Um novo contrato milionário com marca internacional faz de Malvina Neves a topmodel mais bem-sucedida da história da moda.

O REINO DE MALVINA NEVES!
A rainha das passarelas abre as portas de seu loft e mostra tudinho.
"Sou uma garota simples."

Bianca Neves fala de seu sucesso. A bela desabafa sobre a vida e os desafios da carreira.

BIANCA NEVES É FOTOGRAFADA ANDANDO DE METRÔ.

Com tudo acertado, Abel me levou até a agência, e então ele e Sarina partiram. Não vou mentir, meu bem. Eu estava ansiosa. Receosa até. Confiava plenamente nos meus amigos, mas Sarina tinha uma tendência ao desastre, por mais que se esforçasse. Ela creditava sua natureza apatetada ao fato de ter nascido com o sol na constelação de sagitário.

Eu não tenho certeza do dia em que nasci. Fui encontrada em uma noite fria no fim do mês de julho. Os médicos que me atenderam na época acreditavam que eu tinha pouco mais de 36 horas de vida, por isso fazer um mapa astral nunca foi possível. Não que eu fosse perder tempo com essas bobagens. Mas já que você gosta desse tipo de coisa, achei que seria simpático da minha parte avisar que provavelmente sou leonina. Talvez isso faça algum sentido para você, pois para mim tudo o que diz é que até o zodíaco concorda que eu deveria ter esta juba fabulosa e que nasci para me tornar uma rainha.

Assim que botei os pés na agência, fui recepcionada pela Laís. Ela me aguardava e parecia muito sem graça ao me conduzir até a sala de reunião.

— Espero que você tenha superado a mudança na campanha do Menina Veneno. Não pode se deixar abalar por algo tão pequeno. Sabe que o mercado é volúvel.

— Eu nem penso mais nisso, Laís. Não tenho tempo. — Eu preferiria enfrentar o meu pior pesadelo (cair na passarela) uma dezena de vezes do que admitir para qualquer um que ter sido chutada da campanha havia me machucado.

Laís me deu o braço quando passamos pela recepção repleta de revistas em molduras pretas com o meu rosto na capa.

— É por isso que você é a melhor de todas, Malvina.

— Eu sei. Porque me chamou aqui?

Ela abriu um sorriso branco perfeito e alinhado, que não chegou aos olhos por conta de um botox muito bem aplicado por Jaqueline.

— Uma marca de cosméticos internacional quer que você seja a nova porta-voz.

Arqueei uma das sobrancelhas.

— Quem? — *L'Oréal! L'Oréal! Diz que é a L'Oréal!*

— A L'Oréal. Não é maravilhoso?

Era mais que maravilhoso, era minha nova meta, já que eu me tornara uma Angel da Victoria's Secret no ano anterior. Tinha feito diversos trabalhos para a L'Oréal nos últimos tempos, mas ser porta-voz da marca? Isso elevaria meu status ainda mais, e, por consequência, o meu cachê.

Mesmo extasiada com a novidade, eu mal consegui me concentrar na reunião, os olhos sempre se voltando para o celular em minhas mãos, ansiosa para saber se meu plano daria certo ou não. Confesso que em geral não sou assim. Sou centrada, e pouquíssimos assuntos me abalam. Supus que aquela ansiedade toda fosse consequência do horror de ver meu mundo perfeito ruir por causa de uma fedelha mimada.

Só no fim da tarde, quando eu estava no táxi a caminho de mais um evento beneficente (em amparo a crianças abandonadas — você sinceramente acreditou que eu não faria algo por elas? Isso me magoa, sabia?), o número do novo celular de Bianca por fim apareceu na tela. Atendi no primeiro toque.

— Bianca, querida.

— Fofadrasta — respondeu a voz pastosa.

Não é engraçado como algumas pessoas são capazes de nos tirar do sério com apenas uma palavrinha?

— Nunca mais me chame assim, Bianca.

— Tá bom, Malvina.

Ao que tudo indicava, Sarina não tinha feito nenhuma trapalhada e o pozinho mágico estava funcionando perfeitamente bem. Senti os músculos dos ombros relaxarem, e me recostei no banco antes de dar continuidade ao plano.

— Fico contente que tenha me ligado, Bianca. Eu soube que você está indo para a fazenda em Minas. É isso mesmo, querida?

— É... acho que estou.

Um sorriso lento e muito encantador esticou meus lábios.

— Excelente ideia. Você vai adorar a paisagem. É tudo tão... verde. Peça a Abel para levá-la até lá.

— Abel! — gritou ela. — Abeeeeel!

— Oi? — A voz grave dele soou um pouco abafada.

— Me leva pra Minas?

— É claro.

— Eu pedi — contou ela.

— Boa menina — elogiei. — Fique na fazenda e não volte até eu mandar.

— OK.

— Aproveite as férias para ler um pouco... e comer menos — adicionei por puro capricho.

— Tá bom.

— Boa viagem. Desligue agora.

Ela desligou.

Com o ânimo subitamente renovado, decidi fazer mais compras. Duas conquistas em um único dia. As coisas finalmente estavam voltando aos eixos.

Cheguei em casa bem tarde, e nem sinal de Bianca. Foi maravilhoso ter a cobertura só para mim, sem aquela garota de cara amarrada para azedar meu dia. E seria assim pela próxima semana. Fui dançando até meu quarto.

Depois de tomar um longo e revigorante banho de espuma, eu estava terminando de aplicar no corpo uma loção que eu mesma havia criado quando o celular antigo de Bianca tocou. Vesti um négligé de cetim carmim antes de analisar o número desconhecido, limpar a garganta e me sentar em frente ao espelho da minha suíte. Meu reflexo atraiu minha atenção e não pude evitar sorrir, um tantinho atordoada.

Sim, sou tão linda que eu mesma chego a me encantar. Imagino como essa experiência, ficar tão perto de mim por todo esse tempo, deve estar sendo para você, meu bem. Juro que não faço por mal. Simplesmente acontece! Mas não se preocupe. O deslumbramento que está sentindo agora deve passar em alguns dias.

— Alô?

— Bianca? — arriscou a voz masculina ao telefone.

Eu a reconheci no mesmo instante. Era Fernando.

— Este número não é dela.

— Malvina...? Oi, é o Fernando.

— Fernando...? — Óbvio que eu não me lembraria dele. Um conselho: se quer que alguém rasteje aos seus pés, não faça isso primeiro.

— O cara que acertou a porta do banheiro na sua cabeça — adicionou.

— Ah, oi. Como conseguiu meu número?

— Eu... pensei que fosse da Bianca.

Soltei um dramático suspiro enquanto pegava o potinho de hidratante facial (mais uma das minhas invenções).

— Ah, não. Ela fez isso de novo? Toda vez que ela tenta se livrar de um cara, dá meu número para ele. É tão cansativo e embaraçoso...

— Ela... faz isso com frequência? — questionou ele, soando muito chocado.

— O tempo todo! — Suspirei outra vez. — Eu até chamaria ela pra você, mas ela está na casa do namorado. Um deles. Não lembro qual.

— Ela tem mais de um?!

Mordi o lábio para não rir, equilibrando o telefone entre a orelha e o ombro para abrir o hidratante.

— Ah... Humm... Eu não... — gaguejei como uma colegial. — Ah, meu Deus, eu não deveria ter dito nada disso. Não tinha intenção de... hã... Ela é minha irmã! Eu a amo! Mas às vezes ela... O que ela faz com caras legais como... Droga! Estou piorando tudo, não estou?

— Não. Está sendo franca. Ela tem mais de um namorado. — Ele expirou com força. — Cara, como pude me enganar tanto? Ela parecia um anjo.

— Ela é. Só está numa fase mais... aberta, por assim dizer. Eu... — Baixei a voz até que ela se tornasse um suave ronronar. — Não sei o que dizer, Fernando, além de "lamento muito".

— Eu, não. — Seu tom magoado se tornou ofendido. — Se você não tivesse me contado, eu jamais saberia. Tá cheio de garotas desse tipo por aí, com carinha de anjo, mas que na verdade só querem brincar com idiotas feito eu. Ela deve ter rido muito às minhas custas.

— Não sei. Ela não conversa comigo sobre essas coisas. Mas não seja tão severo com ela. Nem com você. Todos somos iludidos em algum momento da vida. Acontece! Eu mesma descobri que... — hesitei, arfando graciosamente ao mesmo tempo que circulava com o indicador a borda do potinho do creme para o rosto. — O que estou fazendo? Você não quer ouvir isso.

— Quero, sim. Quero ouvir tudo o que você quiser me contar. E adoraria que fosse pessoalmente. Seria... muito esquisito se eu te chamasse para sair?

A doce — tão, tão doce — vitória. Uma sensação maravilhosa, repleta de endorfinas, serotoninas e dopaminas que agem como uma fonte da juventude. Não espero que você compreenda plenamente. Imagino que seu maior triunfo tenha sido chegar ao Enem antes de os portões se fecharem. Então acredite em mim: nada é mais viciante que uma conquista. Exceto o poder, claro. Uma coisa está meio que relacionada à outra.

E, como eu tinha as duas coisas naquele instante, deixei que o silêncio acentuasse minha hesitação. Eu queria que Fernando suasse, suas mãos ficassem frias e seu estômago revirasse com o medo de ser rejeitado.

— Ser usada para ferir Bianca não me é muito atraente — falei, por fim.

— Não é nada disso! — Ele se apressou. — Eu jamais faria algo assim. Apenas... me deixei levar por causa da carinha de anjo e aquela voz... Deus, como fui estúpido. Com uma mulher como você, como pude olhar para qualquer outra pessoa?

Eu me fazia a mesma pergunta desde o ocorrido.

— Sério — prosseguiu. — Eu quero te ver. Sua irmã... ela me deixou tonto com aquela beleza delicada, por cantar minha música e tudo mais. Acho que meu ego se encantou por ela, mas foi só isso. Você não. Você tem uma beleza perigosa que aguça algo dentro de mim, algo intenso, Malvina. Eu deveria ter te convidado pra sair no instante em que acertei sua cabeça. Por favor, me dá uma chance.

— Eu não sei... Não quero magoar Bianca. — Mergulhei a ponta do dedo no creme e apliquei no rosto, espalhando uma fina camada na pele.

Lembre-se: menos é mais. A intenção é hidratar as células, não matá-las afogadas.

— Ela não vai ficar magoada. Não percebe? Ela nem queria sair comigo de verdade, já que deu seu número como se fosse o dela. E isso foi a coisa mais bacana que ela podia ter feito. Por favor, só um jantar. Sua irmã nem precisa ficar sabendo. Não conto nada, se você não contar.

— Onde?

— Uma mulher como você merece o melhor. Só que eu não posso pagar pelo melhor... ainda.

Dei risada.

— Isso não seria problema. Eu posso, Fernando.

— De jeito nenhum! Acredite ou não, há um cavalheiro dentro deste roqueiro. Que tal se eu te levar numa cantina em que me amarro? Não é nada chique, mas a comida é muito boa.

Como se eu fosse comer alguma coisa. Meus jantares consistiam em nada além de uma vitamina.

— Podemos tentar... — comecei, fazendo uma excelente imitação de alguém em um momento de dúvida crucial.

De fato, comecei a reconsiderar minha carreira de atriz.

— Então, tá combinado. Amanhã, às oito. — Ele se adiantou. — Posso passar na sua casa pra te pegar?

— Não. Bianca pode nos ver e... Ah, meu Deus, Fernando, não tenho certeza se estou fazendo a coisa certa. Não vou conseguir olhar para ela sem me sentir miseravelmente culpada. Talvez seja melhor...

— Por favor, Malvina. Apenas um jantar. É tudo o que eu peço.

— Não sei...

— Por ter acertado sua cabeça com a porta! — falou, depressa. — É o mínimo que eu posso fazer. Um pedido de desculpa formal. Por favor, aceite!

— Humm... está bem. Um pedido de desculpa não vai me deixar culpada depois.

— Isso! Você não vai se arrepender de me dar essa chance. Juro. Anota o endereço do lugar. — Ele me passou as informações. — Te vejo amanhã, Malvina.

Desliguei e voltei a admirar meu reflexo, o sorriso imenso que não fui capaz de conter. Tudo voltava ao seu devido lugar. Eu estava no topo de novo!

O mundo era meu!

Bom, ao menos era o que deveria ter acontecido, se isto fosse um conto de fadas e não a porcaria da vida real.

9

O NOVO AFFAIR DE MALVINA NEVES! QUEM É O GATO QUE ROUBOU O CORAÇÃO DA RAINHA DAS PASSARELAS? NÓS DESCOBRIMOS!

MALVINA NEVES!
A mulher mais sexy do mundo é brazuca!

Paixão no ar!
Fernando Floriano e Malvina Neves num jantar romântico em charmoso restaurante.

Malvina Neves é vista dirigindo o próprio carro.

— ***P***ronta para a sobremesa? — perguntou Fernando.

O restaurante que ele escolhera não era de todo ruim. Pequeno, com arcos de tijolos destacando ainda mais as milhares de garrafas de vinho acomodadas em uma adega que ocupava toda uma parede, a parca iluminação criando um ambiente mais intimista. E a comida era boa. Quase fiquei tentada a comer o prato que pedi (vitela ao vinho do porto e um risoto de trufa).

— Claro, por que não? — A última vez em que havia comido uma sobremesa já fazia mais ou menos oito anos. Podia lidar com as calorias extras mais tarde.

Eu tinha muito o que comemorar. Jamais uma refeição tinha sido tão saborosa ou a companhia, mais agradável — bem, estou exagerando um pouco aqui; Fernando era meio enfadonho, mas não importava. Não me lembro de ter desfrutado tanto de um dia quanto daquele, em que acordei e não precisei olhar para a cara aborrecida de Bianca.

Mas tenho que dar crédito a Fernando. Ele se esforçou ao máximo para me manter interessada em sua conversa, embora sempre a levasse a assuntos banais. E com isso descobri que ele era daquele tipo de gente que acredita nas pessoas, um sonhador que almeja um futuro brilhante ao lado de alguém especial e blá-blá-blá. Você conhece o tipo. Também confirmei que ele não fazia ideia de quem eu era. Isso era novo para mim. Uma parte minha se irritou. A outra ficou aliviada, pois se ele lesse revistas ou jornais, a história de que Bianca e eu éramos irmãs teria ido por água abaixo.

Abel não havia voltado nem telefonado ainda, por isso deduzi que tudo corria conforme o planejado.

Sim, sobremesa, com certeza!

Assim que fizemos o pedido e o garçom se afastou, Fernando olhou para mim, as bochechas levemente coradas.

— Malvina, eu... queria me desculpar de novo. Não sei o que aconteceu quando vi sua irmã. Eu... — Ele correu uma das mãos pelos cabelos castanhos. — ... acho que me deixei levar pelo orgulho. Foi a primeira vez que ouvi alguém cantando uma das minhas músicas. Fiquei... lisonjeado pra cacete, foi uma sensação incrível. Acho que confundi as coisas.

— Tudo bem — falei, magnânima. — Eu compreendo mais do que qualquer outra pessoa o quanto o amor pelo trabalho pode influenciar a forma como enxergamos as coisas.

— Então tá tudo bem entre a gente?

— Existe um *a gente*? — Beberiquei meu champanhe.

Ele fixou o olhar em mim, e com um tom sedutor de fazer derreter as geleiras do Himalaia soltou:

— Eu quero muito que exista.

Abaixei a cabeça e deixei um sorriso tímido surgir em meu rosto. Ele suspirou em resposta: exatamente a reação que eu esperava.

Fernando passou o restante do jantar tentando compensar seu erro. Eu, por consequência, fazia minha melhor interpretação de uma garota tímida que não tem certeza de que está fazendo a coisa certa. É um joguinho muito divertido. Você devia experimentar.

Claro que ele fez questão de me acompanhar até minha casa no fim da noite.

— Não é necessário ter todo esse trabalho — falei, já do lado de fora do restaurante.

A brisa noturna balançou meus cabelos. Afastei algumas mechas para longe do rosto, prendendo-as atrás da orelha.

— Não é trabalho algum. Não posso permitir que uma mulher como você vá para casa sem escolta. Eu volto de táxi mais tarde para pegar a moto no estacionamento do restaurante. Assim eu ganho mais uns minutinhos com você.

Não foi muito fofo?

O trajeto até a cobertura foi curto, e ele passou boa parte do tempo me contando sobre sua banda. Deixei o carro na garagem subterrânea logo que chegamos, e Fernando me acompanhou até o elevador, para ir até o térreo.

Nós dois paramos diante das portas metálicas. Ele ficou estudando o visor onde os números decresciam. Inesperadamente — ah, bem, nem tanto assim, afinal ele estava a meu lado —, Fernando olhou para mim e algo cintilou em seus olhos ambarinos. Chegou a dar um passo à frente, uma das mãos se enroscando em minha cintura.

As portas se abriram com um *plim*. Coloquei as mãos em seu peito e o empurrei de leve. Ele se afastou, as bochechas ficando vermelhas. Tão bonitinho...

Assim que entramos e as portas se fecharam, achei que já havia bancado a garota tímida por tempo suficiente. Então me virei para ele e o empurrei na parede metálica. De fato, como Sarina tinha previsto quando soube que eu iria atrás do rapaz, Fernando não viu o que o atingiu, mas reagiu por instinto, o que me agradou.

Sabe quando você fantasia uma coisa e, na sua cabeça, ela é realmente maravilhosa, mas quando acontece na vida real, você se pega refletindo que tem uma imaginação boa demais? Foi assim que eu me senti com relação àquele beijo frustrante, lento e inocente, com gosto de molho de tomate. No entanto, a reação de Fernando quando eu o soltei foi bem mais estimulante. O pobrezinho parecia ter sido atropelado por um trem e adorado.

As portas do elevador voltaram a se abrir, já no térreo.

— É o seu andar — falei, indicando o hall com a cabeça.

— Certo. — Piscou para sair do transe. — Certo...

Com certo esforço, ele se recompôs o suficiente para se mover. Mas antes de sair, colocou a mão entre as portas para impedir que elas se fechassem.

— Posso te ver de novo? — perguntou, ansioso.

Sorri de leve.

— Se prometer que estarei a salvo das portas.

Ele deu risada, um tanto nervoso.

— Juro que será minha missão de vida. Proteger você delas. Eu te ligo.

Eu estava prestes a dizer que ele não tinha meu número quando me lembrei da mentirinha que tinha contado mais cedo.

— Boa noite, Fernando.

— Até logo, Malvina.

Ele saiu e ficou do lado de fora me encarando abobalhado até o elevador fechar. Por sua expressão, eu soube que Fernando não pensaria em mais nada pelos próximos dias, apenas em mim. Qualquer outro assunto, qualquer outra garota, tinham sido deletados de seu cérebro. Subi para a cobertura com um sorriso no rosto. O sabor do triunfo é muito, muito doce.

A porta de entrada da cobertura, larga e maciça, se abriu antes que eu encaixasse a chave na fechadura.

— Graças a Deus você chegou. — Abel soltou uma pesada lufada de ar.

Ele estava todo sujo, a camisa, rasgada, diversos curativos no rosto e o braço em uma tipoia.

— Abel! O que aconteceu? Você está bem? — Entrei em casa, o coração aos pulos.

— Um acidente. Um caminhão me jogou pra fora da pista. Não pude fazer nada. Capotei seu carro.

— Meu Deus! — Passei os braços em seu pescoço, abraçando-o com força. Ele gemeu baixinho e cambaleou. Soltei-o no mesmo instante. — Desculpa. Você está bem?

Ele fez uma careta, uma sombra encobria seu olhar sempre luminoso.

— Nada grave aconteceu comigo. Já fui examinado, apenas escoriações e distendi um músculo. Mas Bianca... — A voz dele falhou. Um arrepio gélido percorreu minha coluna de cima a baixo e pressenti que eu não ia gostar do que viria a seguir. — Ela sumiu. Não estava usando o cinto de segurança, e os peritos acham que foi arremessada para longe. Talvez tenha caído no rio ao lado da rodovia. Estão procurando por ela. Vão telefonar.

— Acham que ela está...

Ele aquiesceu uma vez, arrasado.

— Não tem como ela ter sobrevivido. Não tem como... ela estar viva. — Esfregou o rosto com força. — Eu a matei.

Não, pensei, alarmada. *Eu a matei.*

— Não! Nada disso. Não foi sua culpa. — Me aproximei e o abracei de novo, dessa vez com cuidado, descansando a cabeça em seu peito largo. O coração dele batia rápido, assustado. *Ah, Abel...* — Acidentes assim acontecem o tempo todo, não foi sua culpa. Não foi, está me ouvindo?

Ele refutou a ideia de imediato.

— Era eu quem estava ao volante.

— E você não tem controle sobre quem está ao volante nos outros veículos.

— Eu a matei — repetiu, como se não tivesse ouvido uma palavra do que eu disse.

Claro que ele veria o acidente por esse ângulo. Abel é do tipo de pessoa que jamais foge da responsabilidade. E acima de tudo, ele fazia o possível e o impossível para me isentar de culpa. Mas nós dois sabíamos que a ideia de mandar Bianca para Minas tinha sido minha. Abel apenas executou minhas ordens. A responsável pelo acidente fui eu...

...Mas isso não significa que eu quisesse matar Bianca. Só queria mantê-la afastada por um tempo, como já lhe contei. Nunca imaginei esse desfecho. Não mesmo.

Um tremor começou a me sacudir por dentro. Começou nos ossos e logo se espalhou por meus músculos, eu tive que trincar a mandíbula para que meus dentes não batessem.

— Vem, precisa descansar — falei para Abel. Eu tinha que fazer alguma coisa, algo que distraísse minha mente, ou acabaria perdendo o controle. — Vou cuidar de você.

Ele balançou a cabeça, concordando, mas não tenho certeza se realmente compreendeu o que eu disse. De toda forma, eu o ajudei a ir para o quarto, passando o braço em volta da cintura para tentar sustentar seu corpanzil e aliviar a dor na perna, que ele mal conseguia arrastar. Abel se deitou na cama estreita, mas ficou me olhando com aqueles incríveis olhos castanhos, como se pedisse socorro. E eu lhe socorri. Peguei uma das fórmulas que tinha na *nécessaire e*, sob protestos, o obriguei a engolir um comprimido. Ele adormeceu em três minutos, mas fiquei ali um pouco mais, olhando para ele, me dando conta de que nunca tinha ficado tão assustada. Se tivesse acontecido alguma coisa a ele, não sei ao certo o que teria sido de mim. Um mundo sem Abel não era um lugar bonito, não era um lugar onde eu conseguiria sobreviver.

Sabe, é engraçado como todas as minhas lembranças parecem incluir Abel. E mesmo nas que eu sei que ele não esteve presente — nas minhas viagens ao exterior, por exemplo —, muitas vezes me pego pensando se ele realmente não estava. A esta altura você já deve ter percebido que sou uma mulher destemida, que não hesita em se arriscar para alcançar um objetivo. Exceto com Abel. Com ele, arriscar significava criar *uma* chance de perdê-lo, e eu não posso tolerar a ideia.

Enquanto eu o admirava em seu sono, o calmante fez o efeito desejado e suavizou suas feições, afastando suas dores e agonias, deixando-o com uma aparência ainda mais jovem. Não resisti a acariciar seus cabelos grossos, me perguntando o que aquele acidente teria feito com ele. Seria um episódio em breve superado com facilidade ou deixaria mais uma marca nele?

Claro que eu sabia a resposta.

Se Bianca estivesse mesmo morta, Abel jamais se perdoaria ou a esqueceria.

Senti um aperto no peito, tendo um vislumbre dos meus próprios sentimentos em relação a tudo aquilo. E não gostei do que vi. Atordoada, apaguei a luz e saí de fininho. Fui para a suíte e me tranquei lá. Inspirei fundo ao apoiar as costas na porta.

Os olhos de Henrique, na foto da mesa de cabeceira, pareciam me encarar. Devagar, atravessei o quarto e me sentei na cama, pegando o porta-retratos. Meu polegar contornou o sorriso canastrão do homem que me resgatara do inferno.

Fui a primeira a sair do abrigo e precisei me virar como podia para me sustentar e ter um teto sobre minha cabeça. Trabalhava como caixa em uma farmácia durante o dia e como frentista em um posto de gasolina à noite para pagar o aluguel do quartinho minúsculo em uma pensão não muito digna, em todos os sentidos.

Henrique apareceu em uma noite qualquer para encher o tanque do seu Bugatti Veyron, e eu me atrapalhei um pouco, pois nunca tinha visto um carro daqueles e não sabia onde ficava a boca do tanque de combustível. Henrique desceu do carro e me ajudou.

— Eu nunca abasteci um desses — dissera eu, constrangida.

— Relaxa. Essa coisinha é mesmo geniosa. E sedenta.

— O dono do posto deve ficar muito contente com isso. A sua conta bancária, imagino que nem tanto.

— Não mesmo. — Ele se recostara na carroceria, rindo.

Enquanto eu encaixava a mangueira na boca do tanque e a acionava, dei uma espiada nele. Magro mas com músculos nos lugares certos, um sorriso franco e tão branco que me senti ligeiramente abobalhada. Quando os números na bomba se aproximaram dos noventa litros e a gasolina continuava fluindo para dentro do carro, fiquei com pena dele. Na época, cada centavo me era precioso, e o que ele pagaria pelo abastecimento seria o equivalente a dois terços do meu salário.

— Olha, não conta para ninguém que eu disse isso ou posso perder o emprego, mas você consegue encontrar um preço melhorzinho no posto da frente.

— Obrigado, mas já estou acostumado a vir aqui. — Então ele inclinara a cabeça para o lado e me olhara com atenção. — Nunca te vi antes.

— Comecei a trabalhar faz menos de um mês.

— Ah. Isso explica. Prazer, Henrique Neves. — Ele estendera a mão, me surpreendendo porque ninguém nunca se importa em se apresentar a um frentista.

Henrique sempre foi diferente, uma dessas raras pessoas que consegue enxergar o melhor do mundo.

E, apesar do meu uniforme e do meu boné, foi capaz de me ver. Realmente me ver. E gostou do que viu. Tanto que voltou ao posto de gasolina todas as noites, durante um mês inteiro. Então me convidou para jantar num restaurante tão luxuoso que eu nem imaginava que existia. Embora fosse dez anos mais velho que eu, Henrique era o homem mais bonito e bem-vestido que eu já tinha visto. Ele não riu quando eu confundi os talheres, nem desdenhou do meu vestido preto modesto comprado no camelô, com um defeito em uma das alças. Também não se aproveitou de uma garota pobre e sozinha no mundo. Em vez de tentar me levar para a cama, ele me levou ao teatro.

Henrique me ofereceu um mundo novo, com pessoas importantes e ricas, e sempre fazia questão de me deixar à vontade entre elas, abordando apenas assuntos sobre os quais eu pudesse opinar nas rodas de amigos. Foi ele quem me apresentou a Laís, dona da agência de modelos, e também foi ele quem insistiu que ela fizesse um book fotográfico comigo. Apenas mais tarde, depois que consegui uma carreira sólida como modelo e aluguei um pequeno apartamento em um bairro decente, é que ele me pediu em casamento.

— Eu não queria que você me aceitasse sem ter a chance de uma vida melhor de outra forma — dissera ele na época. — Agora você tem escolha. Tem uma carreira, e está se saindo muito bem. Sei que estou me arriscando — ele me mostrara aquele sorriso safado e ao mesmo tempo tão doce —, mas eu garanto, Malvina, se você se casar comigo, eu a farei muito feliz. Ninguém jamais vai te amar como eu.

Ele me amava, se preocupava comigo, me escolhera. Eu aceitei sem pensar duas vezes. E Henrique cumpriu sua promessa. Mesmo sem conseguir retribuir seu amor, fui muito feliz com ele. E tenho certeza de que ele também foi comigo.

— Não era isso que eu pretendia — murmurei para o belo homem na foto. — Você sabe, não sabe?

Então você vê? As lágrimas indesejadas que inundaram meus olhos não eram por Bianca. Não, longe disso. Eram por mim, por ter decepcionado Henrique.

— A culpa é sua por ter morrido. Nada disso teria acontecido se você fosse mais prudente!

Arremessei o porta-retratos na parede. O vidro se estilhaçou, e minúsculos cacos cristalinos se amontoaram no rosto dele, bem embaixo dos olhos, dando a impressão sinistra de que o homem na foto, apesar do sorriso eternamente congelado, também chorava.

10

A MALDIÇÃO DA FAMÍLIA NEVES.
Bianca Neves, modelo filha do piloto Henrique Neves que perdeu a vida em uma corrida, morre em acidente de carro.

O trágico fim de Bianca Neves. Cobertura completa do funeral da princesa das passarelas.

O LUTO DE MALVINA NEVES.
Depois de perder o marido, a perda da enteada. "Estou devastada."

ELA ESTÁ DE VOLTA! MALVINA NEVES REASSUME O POSTO DE MENINA VENENO.

Se existe uma coisa na qual sou boa — bem, além de inúmeras outras, mas não estamos aqui para falar dos meus predicados — é superar assuntos desagradáveis.

A polícia apareceu no dia seguinte, como era de se esperar, fez muitas perguntas a Abel e ficou com meu número de telefone, caso as buscas dessem resultado. Mergulhadores estavam investigando todo o rio onde suspeitavam que a menina havia caído, mas ainda não tinham encontrado nem sinal de Bianca, o que deixou Abel ainda mais abatido. Ele sentia muitas dores e era um pé no saco como paciente, se recusando a tomar medicamentos ou qualquer uma de minhas fórmulas.

— Não vai ajudar — resmungou, quando o abordei na cozinha.

Sarina estava sentada ao balcão, em choque.

— Como pode saber se você nem tomou ainda? — argumentei, frustrada.

— A dor não vai passar. Nada pode fazer essa dor desaparecer. — Pelo olhar vazio, suspeitei que ele não se referisse à dor física, mas a que consumia sua alma.

Ele se sentia responsável pela morte da menina, como eu suspeitara, e nada do que eu dissesse o convenceria do contrário.

— Não acredito que a Bianca está morta — murmurou Sarina, se abraçando ao iPad. — Não acredito que eu possa ter alguma coisa a ver com isso.

— Ninguém teve nada a ver com isso — rebati. — Foi um acidente. Uma fatalidade. Podia ter acontecido com qualquer um de nós. Ninguém aqui teve culpa de nada. Agora, será que podemos focar no que é importante? Não vai demorar para que a imprensa descubra alguma coisa. Sarina, não quero que nenhuma palavra seja dita até que a polícia nos dê algo concreto. Acha que pode fazer?

Ela anuiu com a cabeça, me encarando por um bom tempo.

— O que foi? — perguntei, impaciente.

— Você... você não está nem um pouquinho mexida, Malvina? Nem um pouquinho de nada comovida ou triste?

— Não tenho tempo para essas coisas. Por favor, ligue para a agência e informe a Laís o que aconteceu. Ela saberá o que fazer.

Sem dizer uma palavra, Sarina se levantou e deixou a cozinha, mas antes me lançou um olhar decepcionado. Bufei, pegando um copo de água. Depois o coloquei na bancada com certo estardalhaço, deixando também um analgésico diante de Abel.

— Não seja tão cabeça-dura. — Eu me virei para sair, mas ele estendeu o braço e me segurou pela mão.

— Sarina pode acreditar em você. Mas não consegue me enganar. Você andou chorando.

— Não me importo com o que você pensa.

— Você não é tão fria quanto gostaria. Por que se esforça tanto para ser indiferente?

— Sentimentos só servem para deixar uma pessoa fraca. — Talvez você devesse anotar isso também, meu bem.

— Eu te conheço. Você não pensa assim de verdade.

— Quem é que está se enganando agora, Abel? Você, dentre todas as pessoas, sabe como eu funciono.

Aquela mágoa que eu conhecia tão bem obscureceu seu rosto conforme ele soltava meu braço. Eu odiava magoá-lo, mas algumas coisas precisavam ser ditas.

— Não planejei que Bianca morresse — continuei. — Não era isso o que eu pretendia. Mas não vou fingir que esse desfecho não é vantajoso para mim. Com ela fora do caminho, minha vida volta ao normal.

— À custa de outra?

— Não, porque não tive qualquer relação com a morte dela. Se o destino quis que fosse assim, quem sou eu para discordar?

Aqueles olhos de gato se cravaram aos meus.

— Você não acredita em destino.

— Talvez eu tenha começado a acreditar.

Ele balançou a cabeça.

— Às vezes você me assusta, sabia?

— Sou prática, Abel. Ficar lamentando ou procurando uma justificativa não vai mudar o que aconteceu. Então por que perder tempo?

Ele abriu a boca para dizer alguma coisa. Por sua expressão, me parecia um sermão, por isso quando meu celular tocou, achei a interrupção muito bem-vinda.

Era Laís.

— Malvina. Meu Deus! Sua assistente acabou de ligar. Que coisa horrível! Como você está?

— Devastada, Laís — choraminguei, com certo exagero. — Nem consigo pensar direito.

Abel, que ainda me encarava, se levantou e saiu da cozinha arrastando a perna machucada, deixando a mim, o copo de água e o analgésico onde estávamos. Sua reprovação não me surpreendeu, é claro, mas me magoou. Ele esteve a meu lado nos piores momentos da minha vida. Sabia que diante de uma dificuldade eu sempre tento extrair algo bom, por pior que seja a situação.

Além disso, não tolero erros. A vida também não. Abel escapara do acidente sem grandes estragos. Se Bianca estivesse usando o cinto de segurança, como deveria, não teria sido arremessada para fora do carro.

Depois de fazer o teatrinho com Laís, liguei para o piloto do helicóptero e então fui para o quarto me arrumar. Minha agenda estava cheia e não havia por que cancelar os compromissos.

O tempo então correu depressa. Sarina superou o choque antes que Abel — a mudança para a casa que herdara acabou sendo mesmo útil. Ela me ajudou a abafar o desaparecimento da menina, mas uma semana depois, quando as autoridades deram o caso por encerrado e a garota foi declarada oficialmente morta, me vi obrigada a fazer o anúncio numa coletiva de imprensa — com um sóbrio Valentino preto e enormes óculos escuros na cara — sobre a morte dela. No entanto, Bianca não era uma pauta tão fascinante assim e, devido às chuvas torrenciais que causaram deslizamentos no sul do país e deixaram centenas de pessoas desabrigadas, o assunto logo foi esquecido.

A agência ficou sem chão, em grande parte por causa da campanha do Menina Veneno, prestes a acontecer. E, é claro, eles voltaram atrás e me quiseram de volta. Eu, magnanimamente, aceitei.

Pelo triplo do valor do antigo contrato.

A campanha precisou ser toda refeita. Eu faria o ensaio em duas semanas. Tempo suficiente para que tudo pudesse ser organizado, na bela e misteriosa Ilha de Skye, na Escócia. Minha beleza dourada ficaria incrível com todo aquele verde de fundo.

Paralelo a isso, meu jantar com Fernando na semana anterior estampou a maioria das capas das revistas de fofoca. A vida dele foi devassada, e do nada a Catarse tinha duas músicas entre as mais tocadas do país. Do dia para a noite, Fernando se tornou o Príncipe do Rock. Imagino que isso o tenha deixado muito ocupado, pois mesmo com a imprensa noticiando o caso de Bianca, ele não descobriu a pequena mentira que eu contara a ele sobre sermos irmãs. Ou talvez ele fosse apenas lerdo mesmo, o que explicaria seu breve e superficial interesse em Bianca. Seja como for, ele me ligou, se solidarizando, e desde então nos falávamos quase todos os dias. Algumas vezes eu era atenciosa e doce, em outras estava ocupada demais e desligava sem que ele tivesse terminado de falar. Você sabe como essa coisa de sedução funciona...

Não sabe? Sério? Uau! Sua vida amorosa deve ser um desastre!

Ah, não. Foi apenas um comentário, meu bem, não um incentivo para que você me conte alguma coisa. Tenho certeza de que deve ser alguma história... humm... fascinante e repleta de detalhes... hã... interessantes, mas estamos falando sobre mim, lembra?

Aliás, como hoje estou de bom humor, vou te contar mais um segredinho. Se você quer se dar bem com alguém, precisa se transformar em uma bolsa Birkin!

A Birkin, da grife Hermès... Meu Deus, não acredito que você nunca ouviu falar da bolsa mais desejada do mundo!

Se bem que, olhando bem para o que você está vestindo, posso acreditar, nunca ouviu mesmo.

Muito bem, a Birkin é o acessório mais cobiçado do mundo. Existe uma longa lista de espera. E como a marca conseguiu fazer isso com uma bolsa que custa 11 mil dólares?, você se pergunta. Ora, não deixando o produto disponível o tempo todo! Abastecendo as lojas em pequenas quantidades, que esgotam rapidamente, e quando você chega lá, ah, mas que pena, já acabou. É quase mítico. Se quiser ter uma dessas, vai ter que lutar muito para conseguir sentir o couro macio sob seus dedos. Então, na próxima vez que se envolver com alguém, seja uma Birkin!

Como eu ia dizendo, minha vida nunca me pareceu tão perfeita. Eu me sentia tão bem, tão feliz por tudo estar em seu devido lugar, que meu percentual no Divina Perfeição subiu para 98,7. Mesmo assim, decidi dar uma forcinha à natureza e planejei passar aquela tarde de quinta-feira na cadeira de Jaqueline.

Resolvi ir dirigindo. Abel estava de luto por Bianca, e no começo eu até fui compreensiva, mas dez dias depois isso começou a me irritar. Acabaríamos nos desentendendo de novo se eu tivesse que olhar para ele mais do que o necessário. Por isso entrei no elevador sem dizer nada a ele, e fiquei um tanto surpresa quando parou no andar de baixo e vi o rapaz de cabelos longos presos em um coque displicente entrar.

— Tiago Huck.

— Malvina Neves. — Ele sorriu com malícia. — Parece que hoje é meu dia de sorte.

— O que faz aqui? Procurando um apartamento?

— Na verdade, vim trazer uma amiga em casa. Não sabia que você morava nesse prédio.

Sorri para ele.

— Então conseguiu a atenção da filha do Sr. Evans.

Ele arqueou as sobrancelhas.

Dei de ombros.

— Notei como você olhava para ela no lançamento de *Amante fatal*.

— Observadora. Gosto disso. — Ele se recostou na parede metálica, me encarando. — Como vai o Queen II?

— Um pouco tristinho, pobrezinho. Ando sem tempo para passear com ele. Como vai o Júnior?

Ele deu risada.

— J.R. vai muito bem. Mas anda sentindo sua falta. Você devia dar uma passada lá qualquer hora dessas. Você saiu correndo na última vez.

— Na única vez — corrigi.

— Isso mesmo. Na única vez. É inaceitável. Ter estado a bordo do J.R. e não ter ligado de volta. Você está acabando com a autoestima dele, sabia?

— Estou, é?

Ele colocou as mãos nos bolsos do jeans.

— Aniquilando. Pretende fazer alguma coisa a respeito?

— Você não acabou de sair do apartamento de uma garota de quem tá a fim?

— E você está saindo com aquele guitarrista. — Ele ergueu os ombros. — Vi nos jornais. Por causa disso devemos ser punidos e nos privar dos pequenos prazeres da vida?

É, eu realmente gostei dele.

— Vou pensar no caso do Júnior. — Acabei dizendo.

— J.R. E espero que faça mais do que pensar. — Sem cerimônia alguma, ele pegou minha mão e a levou aos lábios, os olhos um tanto deprimidos, porém muito quentes, nos meus o tempo todo. — Até breve, minha rainha.

Então ele saiu, e eu fui até a garagem. Talvez eu realmente desse uma passada, me flagrei pensando. Gostava do suave balançar do Júnior. E por que não? É bom manter o cardápio variado.

Dirigi em alta velocidade — a única divertida. Em vinte minutos eu estacionava em frente à clínica Vênus, indo direto para a sala de Jaqueline.

E pouco tempo lá estava eu, ouvindo minha esteticista discorrer sobre sua vida pouco interessante enquanto minha pele absorvia toda aquela química maravilhosa, quando as coisas começaram a mudar.

— Lamento tanto pela Bianca, Malvina. Você deve estar arrasada! Não sei o que eu faria se perdesse meu Enzo. Acho que minha vida acabaria.

— A gente precisa seguir em frente. — Blá-blá-blá.

— Ah, querida, é verdade! E você mais do que ninguém sabe disso, não é mesmo? Tão novinha e já viúva. A vida às vezes é tão injusta. E incrivelmente frágil! Eu sempre falo para o Enzo tomar cuidado. Ele adora carros e abusa da velocidade de vez em quando, sabe? Eu perco a cabeça toda vez que chega uma multa. É tão difícil viver longe dos filhos... Te mostrei como ele está bonito? — Ela pegou o celular e correu o dedo pela tela. — Olha que homem lindo ele se tornou! — E enfiou o iPhone na minha cara.

Eu diria que Enzo não era de se jogar fora. O rapaz de cabelos enrolados e loiro sorria para a câmera. Um bando de garotos se espremia ao redor dele. Todos tinham um copo na mão. E foi ali, com o rosto coberto de ácido, que eu a vi. No fundo da sala, uma inconfundível cabeleira negra, longa e despenteada. Fones de ouvido brancos nas orelhas. Ela estava de costas, mas mesmo assim...

— Quando essa foto foi tirada? — perguntei.

— Anteontem — respondeu Jaqueline. — Ele não é lindo?

— Um espetáculo. — Devolvi o aparelho à mulher e tentei não surtar. — Onde ele estuda mesmo?

— No interior de Minas, ao sul. Ele cursa engenharia de automação. Meu menino é um gênio.

Era possível que aquela garota na foto fosse Bianca? O que ela estava fazendo no sul de Minas? E por que raios não estava morta?

Você sabe que eu não planejei a morte dela, meu bem, mas, sabe, eu estava gostando de como as coisas estavam se desenrolando. Eu precisava descobrir se aquela garota era mesmo Bianca, e só havia um jeito.

Eu tinha que ir para Minas.

**Fabulosa Malvina Neves!
O primeiro ensaio da rainha como nova porta-voz da L'Oréal.
"Sou a melhor no que faço."**

Com shows agendados por todo o Brasil até o ano que vem, a banda Catarse assina contrato com importante gravadora.

Em um vestido Channel púrpura e reluzindo mais que um diamante, Malvina Neves abrilhanta jantar beneficente para arrecadar fundos para orfanato.

MALVINA NEVES É FOTOGRAFADA SAINDO DO BANCO EXIBINDO DECOTE E SEM SUTIÃ.

Liguei para Sarina e pedi que ela preparasse minha mala; tão logo saí da clínica, segui direto para casa. A primeira coisa que fiz foi ir até o meu pequeno laboratório, onde preparei uma *nécessaire* com algumas fórmulas de que eu eventualmente pudesse precisar.

Lá vem você outra vez, cheio de desconfiança pra cima de mim...

Antes que sua imaginação viaje, não, nenhuma delas era veneno. Fórmulas e elixires para dor de cabeça e picadas de insetos, calmantes, estimulantes, laxantes, essas coisas. Sempre carrego várias delas comigo, não importa para onde eu vá.

Assim que terminei de preparar a mala, pedi a Sarina que acomodasse a bagagem no Bugatti Veyron de Henrique. Era o mais rápido dos sete carros na minha garagem.

Enquanto ela descia com as malas, fui falar com Abel.

Bati de leve na porta do quarto dele.

Sua voz trovejante soou abafada:

— Entra.

O cômodo modesto e arejado não era tão pequeno. Havia até um banheiro privativo. Eu mesma cuidei para que não faltasse nada a ele. Desde a TV até a estante de livros no canto, que ele tanto adorava. Eu não toleraria que Abel tivesse menos que o aceitável.

— Como você está? — indaguei.

— Melhor. Já não dói tudo, só umas partes. — Mas sua expressão o contradizia.

Aproximei-me da cama de solteiro onde ele estava deitado. Abel se ajeitou no colchão com dificuldade por conta do braço ainda na tipoia, se erguendo um pouco.

• 128 •

Ele vestia apenas uma calça folgada preta, com a perna esquerda enrolada até o joelho, exibindo um longo curativo na panturrilha peluda. Os cabelos estavam bagunçados, e a barba, por fazer. Uma trilha escura de pelos dava ênfase à musculatura firme e bem-delineada do dorso. A tatuagem do lado esquerdo do peito era exatamente como eu me lembrava. Uma coleção de cacos quase unidos formavam um coração carmim. O nome Vitória se espremia entre os estilhaços, sendo o grande causador da ruptura. Engoli com dificuldade.

— Doeria menos se você aceitasse tomar alguma coisa. — Desviei o olhar para seu rosto bronzeado.

— Não começa.

— Não vou começar. Só passei pra ver como você está. Vou ficar fora uns dias.

— Pra onde você vai? Pensei que a viagem para a Escócia fosse na semana que vem.

— E é. Estou indo pra Minas Gerais.

Ele franziu a testa, uma pequena centelha de esperança se inflamou em seus olhos.

— Por quê? A polícia descobriu alguma coisa? — Ele se remexeu até conseguir se sentar direito. — Pensei que tivessem desistido das buscas. Eles declararam que ela foi levada pelo rio...

— E desistiram. Mas encontrei... Talvez tenha encontrado... — corrigi — ... alguma coisa. Acho que Bianca pode estar viva.

— Graças a Deus! — Abel soltou um longo suspiro e deixou a cabeça pender até se recostar na cabeceira. — Não suporto saber que a menina...

— Eu disse talvez, Abel — interrompi e abaixei o olhar.

— Mas, se eu estiver certa... Bianca precisa continuar onde está.

— O quê?! Por quê?

Ergui a cabeça. Ele me fitava em completo horror.

— Minha vida voltou aos trilhos, Abel. Não posso permitir que Bianca retorne e arruíne tudo o que construí com muito suor.

— Mas ela não tem culpa de nada! — Ele deu um pulo, como se a cama estivesse em chamas. Sua altura e peso produziram um baque suave no piso de madeira. — É a sua insegurança que estraga tudo.

— Não sou insegura! — rebati, furiosa por ele estar defendendo Bianca mais uma vez. Entre outras coisas.

— É sim, e do pior tipo. Aquele que finge indiferença a tudo e a todos, mas na verdade tudo o que deseja é ser aceita.

— Isso não é verdade!

— É, sim, e nós dois sabemos disso. — Ele me olhou com intensidade. — Você pode fingir pro resto do mundo, mas não pra mim. Não pode esconder seu passado de mim. Eu estava lá, Vitória!

— Não me chame assim!

— É o seu nome! — gritou.

— Não é mais! Eu não sou mais aquela garota indefesa que passou a vida inteira esperando ser notada.

— Eu sempre notei você! — explodiu ele.

— Você era o único! Agora todos me notam, me admiram, e não vai ser Bianca que vai tirar isso de mim.

— Ela não vai tirar nada de você, porque isso não é uma competição, cacete! Você não entende? — Ele parou diante de mim, se abaixou apoiado em um dos joelhos para que nosso rosto ficasse na mesma altura e encaixou as mãos em meu maxilar. — Não tem que se comparar a ela, nem a ninguém. Olha só pra você, Vic. É tão linda, bem-sucedida. Você tem tudo! Carros, roupas, joias, sapatos, uma geladeira farta. Eu nunca me opus ao seu casamento porque era óbvio o bem que Henrique te fazia, as oportunidades que ele te deu, mas desde que ele morreu você... mudou. Não é a mesma garota que dividia a sobremesa comigo no abrigo. Que foi me buscar quando fiz 18 anos e fui chutado pra rua, me oferecendo um emprego decente e um teto. Nem a mulher que sorria fácil por se ver na capa de uma revista. Você mudou, e não tenho certeza se gosto do resultado.

— Nunca pedi pra você gostar. — Afastei suas mãos, me levantando da cama para sair dali, mas ele me segurou pelo pulso.

— Me deixa te ajudar, Vic. — Abel ficou de pé, mas continuou me prendendo. — Eu quero te mostrar que o que você realmente precisa está bem aqui, na sua frente.

— É muita presunção da sua parte supor que eu preciso de você. Que preciso de qualquer pessoa!

Ele expirou com força.

— Você precisa de amor! *Amor*, Vic, como qualquer pessoa. E eu amo você. Sempre amei. Você sabe disso. Todo mundo sempre soube disso. Até o Henrique sabia.

Eu pisquei, atordoada. Não queria que ele me dissesse aquele tipo de coisa. Ia acabar estragando tudo.

— Abel...

— Você não quer ouvir. Eu sei. Você *nunca* quer ouvir. E não me quer como eu quero que você me queira, mas também não me quer longe. Sei de tudo isso. Estou ficando cansado disso, Vitória. Te vi casar com outro cara e, ao mesmo tempo que isso me matou, fiquei contente por finalmente te ver feliz. Agora não, você está infeliz e não sabe o que está fazendo.

— Eu sei o que estou fazendo! — Tentei me livrar de seus dedos, mas não consegui.

— Não sabe. E eu vou provar. — Com um puxão sutil ele me levou para perto.

— Abel, não faz is...

Mas ele foi mais rápido, e seus lábios grudaram nos meus. Meus olhos se arregalaram conforme ele induzia minha boca a se abrir. Aquela não era a primeira vez em que Abel tentava alguma coisa. Mas foi a primeira em que ele me beijou como se eu fosse... uma mulher, e isso me pegou de surpresa.

Sua boca apertou a minha com loucura, mas havia uma doçura embutida em seus movimentos, como se nada no mundo lhe fosse mais precioso. Ou mais necessário.

Meus olhos se fecharam sem um comando consciente, e me vi correspondendo, me entregando àquele beijo como jamais me entregara a nada ou a ninguém. Nem mesmo a Henrique.

Está bem, prometi que falaria sobre Abel e acho que chegou o momento. Talvez você tenha mais sorte que eu e compreenda alguma coisa.

Eu não sou tola. Abel estava certo. Eu sempre soube que ele me amava. Eu descobri quando tinha 11 anos e ele me deu um cartão de natal feito a mão onde escrevera "você é o melhor presente que já ganhei". Eu ainda tenho esse cartão guardado em meu santuário.

Foi um choque para você, hein? Sim, posso ser sentimental de vez em quando.

E imagino que você já tenha percebido que também não sou indiferente a Abel, mas só tomei consciência disso no dia de minha despedida de solteira.

Não fora exatamente uma festa, mas um happy hour com Sarina e Abel e algumas garotas da agência. Foi naquela noite que vi pela primeira vez a tatuagem. Tudo ia bem, as meninas estavam dançando, e eu fiquei sentada com Abel porque minha sandália era nova e eu não queria estar com os pés cheios de bolhas no dia seguinte. Acabei esbarrando a mão na taça de vinho que estava na mesa e derrubei um pouco de bebida na saia do vestido novo — meu primeiro Lanvin.

— Que droga!

Abel, sempre muito prestativo, tirou a camisa que vestia por cima da camiseta — essa é toda a sofisticação que se pode esperar de Abel — e começou a esfregá-la na barra molhada do vestido. E então eu vi uma parte da tatuagem escapando por baixo da regata branca.

— Você fez uma tattoo e nem me contou?

Ele olhou para o ombro e então parou de secar minha roupa.

— Não te conto tudo o que acontece comigo.

Aquilo me magoou um pouco, ainda que certos assuntos eu preferisse que ele guardasse para si mesmo. Garotas, por exemplo. Até onde eu sabia, ele nunca teve ninguém. Mas às vezes ele passava a noite fora e, bem... eu nunca quis saber onde ou com quem ele estava.

— Deixa eu ver direito, Abel.

— Não. — Ele começou a vestir a camisa agora também ensopada de vinho.

— Larga de frescura. Me deixa ver o que você fez aí.

Forcei a cava da regata para o lado, na intenção de ver melhor o desenho, e então me deparei com meu nome em meio ao coração estilhaçado. Afastei a mão imediatamente.

Ele ajeitou a regata e vestiu a camisa, enquanto tudo o que eu fazia era piscar.

— Quando... quando fez essa tatuagem?

— Há algumas semanas. No dia em que me contou que tinha aceitado o pedido de Henrique.

— Mas... — A pergunta morreu em meus lábios.

Não era necessário que ele explicasse. A tatuagem falava por si só. Eu tinha quebrado seu coração. Simples assim.

No entanto, Abel, sempre introvertido, resolveu me surpreender ainda mais e começou a falar.

— Ele sempre foi seu, Vitória.

— Esse não é mais o meu nome.

— Para mim é. Sempre vai ser. — Arrumou o colarinho, me encarando. — E mesmo agora, os cacos que restam são seus. Eu amo você, Vitória. Amo desde que a conheci, e jamais vou deixar de amar.

— Não quero ouvir esse tipo de coisa, Abel. — Eu me levantei, o coração aos pulos, e saí correndo dali.

Arfando, driblando as mesas e seus ocupantes, acabei em um terraço pouco movimentado àquela hora da noite, onde eu pensei que estaria a salvo.

— Vitória. — Abel chamou sob o umbral da larga porta de vidro. Ele esperou que eu me virasse para continuar. — Ao menos dessa vez, eu vou falar. Entendo por que está se casando com Henrique. Esse cara te ama de verdade. E também sei que você não o ama, mas gostaria de amar. Ele te faz feliz. E apenas por isso não consigo sentir raiva de você por destroçar meu coração.

— Abel, pare.

— Não posso! Está é a minha chance, Vic. — Ele chegou mais perto até ficar a uns trinta centímetros de mim. — Minha única e última chance de ser honesto com você. Não fique com medo. Não vou implorar que você mude de ideia.

— Não?

— Não. Tudo o que eu sempre desejei é que você fosse feliz. E agora você é. Você quis ser escolhida a vida toda, e agora foi. Nunca se sentiu escolhida por mim porque eu sou uma criança perdida, exatamente como você. — Abriu os braços, um sorriso que era pura agonia lhe curvando a boca. — Se a vida fosse justa, se a minha vida fosse outra, eu teria dado tudo a você, Vitória. O problema é que a vida real é uma merda, eu não tenho nada, e disso você já está farta.

— Abel, por favor, pare.

Ele não me deu ouvidos.

— Eu estou destruído por dentro. Tudo o que me consola é ver seu sorriso e seus olhos brilhando de alegria. Mas eu quero pedir uma coisa, Vic. — Ele chegou mais perto até aqueles olhos levemente rasgados estarem na mesma altura dos meus. — Algo com o qual sempre sonhei e que, a partir de amanhã, já não poderei mais sonhar — sussurrou.

Ele não disse mais nada, e nem precisava. Todo o corpo de Abel gritava, implorava, para que eu o beijasse. E o mais surpreendente era que o meu também. Havia muito tempo que eu me perguntava como seria. Que gosto ele teria. Se despertaria alguma coisa em mim. E, como ele havia lembrado, a partir do dia seguinte, quando eu me casasse com Henrique, isso não seria mais possível.

Não pensei muito no que estava fazendo enquanto apoiava as mãos em seus ombros e chegava mais perto. O que eu senti quando seu corpo estava junto do meu, a boca na minha, foi intenso, a ponto de eu me ver sem equilíbrio, sem ar e sem medo. Tudo pareceu fazer sentido pela primeira vez.

E eu *senti*, bem ali, no centro do peito. Uma espécie de comichão que logo se tornou fogo puro, e em seguida um aperto potente. Fiquei tão aturdida com o que estava sentindo — e que não deveria sentir de jeito nenhum — que não consegui fazer nada além de continuar beijando Abel. Demorei um tempo para perceber que havia algo errado. A maneira como ele me beijava, delicado, reverente, como se tivesse medo de me tocar, como se eu fosse algo sagrado, e não uma mulher de carne osso.

Quando eu me separei dele, seus olhos estavam em brasas. Mas também úmidos. Assim como os meus.

E foi assim eu soube que Abel era muito perigoso para os meus planos. Eu deveria ter me afastado dele de vez, cortado relações, o demitido. Qualquer coisa que me mantivesse longe. Mas a verdade é que não consegui — e ainda não consigo — ficar longe de Abel. Por isso o conservei por perto e apenas o mantive longe de minha boca e de meu coração nestes anos todos.

Até aquele instante, porque dessa vez não havia nada sagrado na maneira como ele me beijava. Era puro tesão. E as coisas que eu sentia enquanto ele me beijava daquele jeito, em seu quarto silencioso, apenas o som de nossa respiração descompassada e o tum-tum-tum insistente em minhas orelhas, me fizeram perceber que o que quer que eu tivesse tentado abafar ainda pulsava dentro de mim com intensidade. Talvez até mais forte que antes, e isso me embaralhou as ideias.

A verdade é que eu queria Abel. Queria desesperadamente. Mas não da maneira como eu queria sobremesa. Era diferente, mais primordial e necessário, como um bom café, quente e forte. Eu o queria todas as manhãs. Precisava do conforto que ele me proporcionava para enfrentar o dia.

— Eu vou com você pra Minas — murmurou Abel assim que libertou meus lábios, encostando a testa na minha.

— Você ainda está todo machucado.

— Não importa. Vamos trazer Bianca para casa. A menina logo fará 18 anos, e você não vai mais precisar conviver com ela. Eu tenho um bom dinheiro guardado. Podemos nos arrumar em outro lugar. Você continua sendo a Malvina para o resto do mundo, e no fim do dia a minha

Vic volta para casa. — Acariciou meus cabelos. — Nós somos duas peças de um todo, Vitória. Sempre fomos.

Naquele momento, com ele acariciando meu queixo, beijando meu nariz, tudo o que me ocorreu foi que ele tinha razão. Seria fácil até, como espalhar hidratante.

No entanto, se eu aceitasse o que Abel me propunha, se nós nos envolvêssemos e o relacionamento não desse em nada, eu o perderia para sempre. E isso inevitavelmente acabaria acontecendo.

Nós queremos coisas diferentes da vida. Abel é um homem simples, se contenta com uma cerveja gelada, um colchão limpo e um livro — e nem precisa ser bom. Ele não tem qualquer ambição, exceto construir uma família. Uma casinha confortável, com uma esposa amorosa para recepcioná-lo no fim do dia, e um bando de crianças remelentas gritando ao vê-lo passar pela porta com um pacote de jujubas. A vida com a qual sonha desde sempre. A vida que ele nunca teve.

E eu... bem... você já me conhece bem a essa altura. Consegue me imaginar nesse cenário doméstico? Consegue me imaginar sendo *mãe*? Mesmo que minha vida tivesse sido diferente, que eu tivesse nascido no seio de uma família unida e carinhosa, me falta aquele dom natural que as mães parecem ter. Algumas mulheres nascem para serem mães, e outras para serem apenas filhas. Eu não me encaixo em nenhuma das duas categorias, tive que procurar uma terceira. Acho que é por isso que virei uma estrela.

Além do mais, se eu concordasse com Abel, abriria mão de tudo o que lutara tanto para conseguir. Bianca ficaria com tudo. Ela não merecia. A garota sem graça que nunca fizera nada da vida além de comer, resmungar e usufruir do bom e do melhor.

Ela não foi abandonada em uma caixa de papelão em uma pracinha qualquer quando só tinha alguns dias de vida, e um juiz idiota não escolheu seu nome, Vitória, porque sobrevivera algumas noites ao relento. Ela não esperou, enquanto crescia, que um pai ou uma mãe viesse buscá-la. Não teve que se esforçar para ser uma boa menina — caso contrário ninguém nunca a levaria para casa — logo que percebeu que não havia papai nem mamãe vindo buscá-la. E mais tarde, quando entendeu que ninguém a queria mesmo, que não era uma boa menina, esperou em vão que alguém apenas gostasse dela o suficiente para lhe dar um sobrenome. Ela não foi chutada do único lar que conhecia ao completar 18 anos, abandonada à própria sorte mais uma vez.

Não, eu não abriria mão de nada. Nem mesmo por Abel. Afastei-me de seu toque.

— Esse é o problema, Abel. Eu não quero trazer a Vic de volta. Não há nada bom nela. Tudo o que quero é continuar sendo a Malvina.

— Estou cansado de te ver fazendo merda.

— Essa é a única maneira que encontrei de continuar existindo.

Nós nos encaramos pelo que me pareceu uma era inteira. Um ponto final em algo que nunca nem chegou a existir. Não me restou nada a fazer além de sair dali, sentindo o coração doer, como se estivesse sendo espremido por um compactador de lixo.

Eu estava na porta, a mão na maçaneta, quando Abel me chamou. Virei para trás e olhei para ele. Seu olhar estava vazio, como se a chama dentro dele tivesse se extinguido.

— Se você fizer mal a Bianca, eu sairei da sua vida, Vitória. É um juramento.

Hesitei enquanto revia cada instante que havíamos vivido juntos ao longo dos anos.

Ao contrário de mim, Abel tinha uma família; fora tirado das garras de um pai violento depois que a mãe foi espancada até a morte. Ele chegou ao abrigo em uma confusão de hematomas, e fiquei fascinada pela força que emanava daquele moleque machucado. Eu queria ser forte também. Mas ele não falou comigo — nem com ninguém — no primeiro mês, até o dia em que colou chiclete no meu cabelo. Aí eu tive que cuspir no pão dele em retaliação, e desde então nos tornamos inseparáveis. Ele arrumou confusão com as assistentes sociais diversas vezes apenas para desviar a atenção delas quando eu me metia em alguma encrenca.

Quatro anos mais tarde, uma tia apareceu querendo levar Abel embora. Ele tinha 13 anos na época, e diante do juiz chocou a todos dizendo que preferia viver no abrigo do que com a mulher que não fizera nada para salvar sua mãe. Depois disso, suas chances já quase inexistentes de ser adotado desapareceram. Abel teve seus momentos de revolta com a vida, mas seu coração bondoso sempre prevaleceu, e ele se tornou um homem bom, de caráter; e doeu — e ainda dói — no fundo da minha alma contemplar aquela tatuagem, a prova concreta de que eu tinha partido seu coração. Nunca imaginei que um dia ele faria o mesmo com o meu.

— Não pretendo machucar Bianca, Abel, se é isso que o preocupa. — Abri a porta. — Mas gosto da minha vida como está. Não vou abrir mão dela, nem mesmo por você. Por isso vou garantir que Bianca continue como está. Morta.

E saí sem olhar para trás.

12

Do lixo ao luxo! A extraordinária jornada de Malvina Neves: de órfã rejeitada a mulher mais desejada do mundo.

Malvina Neves dá a dica:
"7 peças. É tudo o que uma mulher precisa ter em seu guarda-roupa."

NÓS AMAMOS MALVINA NEVES!
O estilo pessoal da supertop pode funcionar para você também.

MALVINA NEVES AO VOLANTE.
O QUE ACONTECEU COM O MOTORISTA GATO?

Estacionei o Bugatti vermelho do outro lado da rua do prédio amarelo de quatro andares, examinando a fachada um tanto deteriorada. Peguei o telefone na bolsa.

Sarina atendeu no segundo toque.

— Tem certeza de que o endereço é esse? — perguntei, estudando a vizinhança. Mais parecia uma área industrial, repleta de galpões e uns poucos prédios baixos. — Não parece uma república.

— Mas é. Encontrei o perfil do Enzo na internet. Está tudo OK, eu chequei duas vezes.

— Certo.

— Malvina, isso tem a ver com a Bianca, não tem?

Eu não expliquei nada a Sarina quando lhe pedi que pesquisasse sobre Enzo. Ela ficara bastante intrigada, até encontrar as informações de que eu precisava e notar que o filho de Jaqueline estudava em Minas e começou a desconfiar.

— Prefiro não meter você nisso, Sarina.

— Sabia! — Ela estalou a língua, e eu quase podia vê-la balançando a cabeça. — Você descobriu que a menina tá viva, não é? E está indo matá-la.

— É essa a ideia que você tem de mim? Que eu sou uma assassina? O que ainda faz trabalhando para mim?

Ela soltou um profundo suspiro.

— Desculpa. É só que você anda agindo de um jeito muito esquisito. Até para os seus padrões! Fico preocupada.

— Sou rica, Sarina. Ricos não são esquisitos, são divertidamente excêntricos. E eu vou ficar bem.

— E quanto a Bianca? Promete que ela também vai ficar bem? O que pretende fazer com ela?

• 143 •

— Para começar, descobrir se está mesmo viva. Depois, caso esteja, garantir que ela não volte para casa. *Sem* derramamento de sangue — frisei.

— Malvina, toma cuidado com o que você vai...

— Preciso ir. — Desliguei.

Não vou mentir dizendo que não fiquei magoada. Sarina (e Abel, diga-se de passagem) devia me conhecer melhor.

Mas deixa isso pra lá.

O que importava era descobrir o que havia acontecido com Bianca. Se ela estivesse viva, e como não tinha voltado para casa, significava que ainda poderia estar sob algum efeito da minha fórmula. Fazia quase duas semanas que o acidente acontecera. Em mais alguns dias a fórmula perderia totalmente o efeito, a desorientação passaria e ela voltaria ao normal. Eu tinha que impedir que isso acontecesse.

Peguei o pequeno relatório que Sarina havia preparado e passei os olhos por ele, checando mais uma vez se eu estava no lugar certo. Estava.

Não foi difícil entrar no edifício, já que não havia porteiro. Subi as escadas externas — as únicas, nada de elevador —, olhando em volta, tentando adivinhar em qual das oito portas sem números do segundo andar morava o filho de Jaqueline.

Por sorte, o destino resolveu me dar uma mãozinha.

Enzo era ainda mais bonito pessoalmente, alto e costas largas feito um guarda-costas, com um andar meio gingado como se fosse o dono do pedaço. Ele descia as escadas apressado, duas caixas de papelão debaixo de cada braço, e quase me atropelou.

— Opa! Foi mal. — Então me viu, deu aquela conferida e abriu um sorriso lento. — Oooooi.

— Oi, estou procurando...

— Um cara bacana para consertar o encanamento da sua cozinha, eu espero.

Acabei rindo.

— Na verdade, meu carro. Ele morreu, não quer pegar — improvisei. — Meu celular está sem sinal, aí eu vi o prédio e decidi pedir um telefone emprestado para chamar o guincho.

Ele ajeitou as caixas, as reequilibrando.

— Ah, você veio ao lugar certo. Entendo de carros. Posso dar uma olhada pra você, se quiser.

— Sério? Isso seria bem legal.

— Preciso só deixar essas tralhas em casa primeiro. Vem comigo.

Eu o acompanhei até o andar de cima (talvez eu devesse dar um caderno de caligrafia a Sarina, seu 3 era muito parecido com um 2) e entrei no minúsculo apartamento. A ausência de mobília denunciava a falta de uma presença feminina, não fosse por uma vassoura deitada sobre o encosto de duas cadeiras, fazendo as vezes de varal, onde um conjunto de sutiã e calcinha estava pendurado. O mesmo cenário onde a foto que eu vi no celular de Jaqueline fora tirada.

Dois rapazes grandes (e quando digo grandes quero dizer imensos) estavam no sofá, a atenção na TV, os dedos correndo frenéticos sobre o controle do videogame.

— Você não ia levar as luzes, seu merda? — perguntou o de cabelos escuros e crespos na altura do queixo.

• 145 •

— Olha a boca que a gente tem visita — ralhou Enzo.

Os dois jovens me olharam de relance, e já voltavam a atenção para a tela, quando algo — provavelmente minha beleza — fez com que largassem os controles e se levantassem, arrumado as camisetas.

— Ah... Oi — cumprimentou o de cabelos crespos, sorrindo.

— Nem tenta, Samamba. A moça tá com problemas. Vou dar uma saída. Leva as luzes pra mim. E, Lagartixa — ele se dirigiu ao outro, de cabelos loiros curtos e piercings no rosto —, vê se mexe essa bunda e acorda os caras. Tem muita coisa pra descer ainda.

— Pô, Canjica, você só sabe dar ordens — reclamou Lagartixa.

— Se cada um fizesse a sua parte, eu não precisaria. Vamos lá, coisa linda? — Enzo sorriu para mim.

— Vamos. — Assenti uma vez.

Acompanhei Enzo escada abaixo. Ele andava com confiança, os ombros eretos, a coluna esticada, como todos os rapazes de vinte e poucos anos que sabem que são gostosos pra caramba.

— Eles são seus colegas de alojamento? — soltei.

— Infelizmente, sim.

— Que curso você escolheu?

— Engenharia da automação. Ainda não sei que rumo seguir. Automação industrial parece interessante, mas biotecnologia também me atrai. Não sei. Ainda tenho tempo para resolver isso. E você, o que está estudando?

Claro que a diferença de idade entre nós devia ser mínima. Cinco anos, chutando alto. Mas não foi uma gracinha ele ter pensado que eu era uma universitária? Quer dizer, eu tinha uma Vuitton pendurada no braço. Que estudante, que precisa escolher se compra um salgado no almoço ou tira uma xérox que o professor pediu, tem uma dessas?

— Bioquímica — respondi com um sorriso.

— Pô, legal!

Descemos mais alguns degraus.

— Você mora aqui perto? Eu nunca te vi. Disso tenho certeza. — Ele cravou os olhos em mim. — Você não é o tipo de garota que um homem esqueceria.

— Eu moro em outra cidade. Venho pouco para cá. Então você é o Canjica, é? — Mudei de assunto.

Por mais que falar sobre mim fosse sempre divertido, eu precisava conseguir algumas informações.

Enzo Canjica bufou.

— Graças à minha mãe. Logo na primeira visita ela trouxe um pote de canjica. Aí já viu. Mas Canjica ainda é melhor que filhinho da mamãe. — Ele piscou.

— Acho que é. Quantas pessoas moram com você? — perguntei, como quem não quer nada.

— Seis. Samambaia, Lagartixa, Zóião, Índio, Mancha e o Zodaque.

— Todo mundo tem apelidos?

— Menos o Zodaque, coitado. — Ele balançou a cabeça, se divertindo. — Ah, e agora tem a Bia.

Bia. Saco. Eu estava certa. Ela estava viva — e só Deus sabia como tinha ido parar ali —, morando com aqueles caras.

— Ah. Essa Bia é namorada de algum de vocês?

— De nenhum de nós. De todos nós. — Ergueu os ombros, enfiando as mãos nos bolsos. — É complicado.

E você pensando mal de mim, não é mesmo, meu bem?

— Parece mesmo — concordei, um tanto surpresa com a novidade.

Ele me fitou de relance, meio sem graça.

— Mas eu sou solteiro. Quero dizer, não tenho compromisso com ela nem com ninguém. — Esfregou a nuca. — É que a menina apareceu aqui com a cabeça meio zoada. Como é que eu podia não ajudar? A gente não sabe de onde ela veio, nem se tem alguém procurando por ela. O Índio ficou de ver se descobre alguma coisa na internet, mas o cara tá todo fod... cheio de trabalho pra entregar. Enquanto isso a Bia fica com a gente. Só estamos cuidando dela. Quem sabe ela se lembra de alguma coisa uma hora dessas.

Não se eu pudesse evitar.

Estampei na cara meu sorriso mais estonteante.

— Sim, vou torcer para ela lembrar. É aquele vermelho ali. — Indiquei o outro lado da rua.

Ele avistou o carro e se deteve, o queixo quase atingiu o asfalto.

— Tá de brincadeira comigo? Você tem um Bugatti Veyron?!

Dei de ombros, como que me desculpando.

— Uau! — Ele assobiou enquanto se aproximava do meu brinquedinho favorito.

Enzo Canjica contornou o carro. Duas vezes. Apoiou uma das mãos no quadril e esfregou a boca com a outra, o olhar faiscando. Erguendo o capô, ele se enfiou na traseira do carro, apenas para se deparar com tubos cromados.

— Motor lacrado — resmungou, assentindo em aprovação. — Cara, esse carro é um tesão. — Ele fechou o capô. — Gata, acho que não vou poder ajudar muito no fim das contas. Quer tentar dar a partida e ver se ele pega?

Fiz um pequeno teatro ao me acomodar atrás do volante. Canjica gostou do espetáculo, é claro. Girei a chave. O Bugatti ganhou vida.

— Ei, olha, parece que está tudo normal! — Fiz minha melhor expressão de surpresa.

Mas ele não estava prestando atenção em mim. Havia apoiado um braço na carroceria e se inclinado para examinar o interior do veículo.

— Os caras não vão acreditar que eu encostei num Veyron. Posso tirar uma foto dele?

Temendo que Bianca visse a foto e reconhecesse o carro do pai, sugeri:

— Que tal se você se sentar ao volante e eu bater a foto pra você? Afinal, você se dispôs a me ajudar, né?

— Isso seria legal demais!

Sentando-se no banco do motorista, Enzo Canjica correu os dedos com delicadeza pelo painel e pelo volante antes de pisar no pedal e acelerar de leve.

— Ah, cara, escuta só esse gemido!

Revirei os olhos. Garotos...

Fiz algumas fotos. Ele desceu do Bugatti minutos depois, me olhando fixamente. Devolvi o celular a ele.

— Obrigada pela ajuda, Enzo.

— Foi um prazer. — E continuou ali parado, olhando para mim. — Escuta, vai ter um festão hoje à noite, a galera da facul que organizou, mas é coisa fina, vai ter até bufê. Todo muito vai. Até a Bia tá animada, e olha que tudo o que a menina faz é resmungar. Vai ser aqui do lado, naquele salão. — Ele apontou para um prédio azul.

— Aparece.

— Eu adoraria, mas não posso. — Pisquei algumas vezes. Jaqueline me mataria se soubesse que eu estava flertando deliberadamente com seu filho apenas para conseguir informações. — Estou só de passagem, preciso seguir viagem.

— Que pena. — Ele correu a mão pelo cabelo, deixando-o bagunçado e bastante sexy. — Pensei que eu ainda ia te ver.

— Uma pena mesmo. Bem, obrigada pela ajuda, Canjica.

— De nada, hã... eu ainda não sei o seu nome.

— Vitória. — Entrei no carro, engatei a marcha. — Te vejo por aí.

— Eu espero que sim. — Ele piscou para mim, exibindo uma fileira de dentes brancos perfeitos, e saí de lá acelerando mais que o necessário em agradecimento.

Uma festa. Era perfeito. Dei um tapinha na bolsa jogada no banco do carona. Eu tinha algo especial ali dentro para manter Bianca desmemoriada. E sabia exatamente como alcançar meu objetivo. Tudo o que eu precisava era de um disfarce.

Eu iria entrar naquela festa.

NOVAS MANEIRAS DE USAR CALÇA BRANCA. INSPIRE-SE NOS LOOKS DE MALVINA NEVES. SÃO DE ARRASAR!

CASAMENTO NA REALEZA?
A rainha das passarelas, Malvina Neves, e o príncipe do rock, Fernando Floriano, em jantar romântico em badalado restaurante. A união é esperada para o ano que vem.

Pele perfeita? Sim, é possível!
Descobrimos os tratamentos favoritos da Malvina Neves e damos a receita.

MALVINA NEVES DESMENTE: "NÃO ESTOU GRÁVIDA."

O som alto abafado pelas paredes grossas do salão fazia a atmosfera daquela noite pulsar com um ritmo próprio.

Entrar na festa não foi tão complicado; me infiltrar na equipe de garçons, menos ainda.

Você deve estar pensando que enlouqueci, não é? Camisa e calça pretas dificilmente podem ser consideradas disfarce. Deixe eu lhe dizer uma coisa: ninguém se lembra de pessoas de uniforme. É quase um traje de invisibilidade. Você pode até ver a pessoa na rua com roupas normais e achar que a conhece de algum lugar, mas não vai conseguir fazer a ligação. Acredite, sei do que estou falando.

Contudo, apenas por precaução, encaixei o boné com a logo do bufê no rabo de cavalo, deixando a aba meio abaixada e retirei toda a maquiagem. Não me lembrava da última vez em que eu aparecera em público de cara lavada, sem nenhuma joia ou acessório. Possivelmente foi pouco depois de conhecer Henrique. Meio que me senti nua.

Eu estava no fundo da cozinha improvisada, procurando a fórmula de que precisava dentro da bolsa quando fui interrompida. Fechei os dedos em torno de três pequenos frascos e os enfiei no bolso da calça.

— Aqui, leva isso — ordenou o chefe da equipe (na faixa dos 50 anos, careca, usando gravata-borboleta de bolinhas roxas e óculos combinando. Eu sei. E prefiro não comentar sobre a aberração que a moda chama de gravata-borboleta. Me dá calafrios, quase tanto quanto as... eca!... pochetes.) empurrando uma bandeja pra cima de mim. — Circulando, anda, garota!

Entrei no salão lotado de estudantes, equilibrando as bebidas. As luzes coloridas iluminavam parcamente o ambiente espaçoso tomado de corpos em movimento, e no meio da multidão era mais fácil me misturar. A bandeja ficou vazia em minutos, o que foi ótimo já que assim eu poderia perambular um pouco, estudando o terreno. Não encontrei nem sinal de Bianca e seus sete "amigos complicados".

Resolvi dar um tempo ali, ficando escondida em um canto, apenas observando. A banda que animava a festa deu início a uma nova canção. Uma bem ruim, mas que nos últimos tempos não parava de tocar no rádio.

— *Você é meu vício, meu maal, tipo uma heroína que me entorpece a cabeçaaaaa. Preciso cair fora da sua vidaaa, antes que eu me afunde nessa merda federal.*

A galera devolveu num coro de *Al. Al. Al. Federaaaaal...*

Olhei para o palco de imediato e vi o rapaz esguio de cabelos castanhos e tatuagens negras ao longo do braço esquerdo com quem eu saíra algumas vezes. Fernando estava absorto em sua guitarra, os olhos fechados em êxtase, como se estivesse... você sabe.

— Só pode ser brincadeira — resmunguei, abaixando ainda mais o boné.

— Cê não foi paga pra ficar vendo show, não, garota! Se liga! — Uma das garçonetes me deu um encontrão.

Assenti uma vez e fiquei calada, embora o esforço tivesse demandado muito do meu autocontrole. Minha finalidade era passar despercebida, e atrair atenção ao acertar com a bandeja a cabeça daquela garota desagradável de manequim 44 era a última coisa de que eu precisava. Eu já me dirigia para a cozinha quando, por fim, avistei a cabeça de Enzo. E ele não estava sozinho: atrás dele, mais seis rapazes e uma garota.

Bianca.

Foi um choque vê-la, mesmo que eu soubesse de antemão que ela estava viva. Uma parte minha (a devotada a Henrique) ficou bastante aliviada. A outra parte ficou puta da vida. Eu havia chorado, pelo amor de Deus! Não exatamente por causa daquela garota, mas mesmo assim. Sabe quantos músculos nós movimentamos quando choramos? Eu também não faço ideia, mas aposto que são muitos e que toda aquela contração ao redor dos olhos não faz nenhum bem para a pele. Eu nunca perdoaria Bianca por isso. Jamais!

Ela estava abraçada a dois rapazes, rindo feito uma hiena, o olhar vago, como se estivesse meio alta. Na verdade, Bianca e seus sete "amigos complicados" pareciam compartilhar aquele estado de espírito, se é que você me entende.

Virei o rosto e passei por eles. Enchi outra bandeja na cozinha e voltei apressada para o salão. Depois de me esgueirar por entre as pessoas, utilizando os cotovelos para manter as mãos ansiosas longe da bebida, consegui chegar até meu alvo. Eu sabia que estava me arriscando muito ao me aproximar tanto da menina. Mas precisava avaliar a situação para então decidir se eu devia dar o fora dali ou seguir adiante com o meu plano.

Se distraídos pela chegada da bebida ou por alguma outra substância previamente ingerida, eu não sabia, mas o fato é que nenhum deles prestou atenção em mim enquanto pegavam os copos. Não que isso fosse surpresa, vindo de Bianca.

— Cara, tô cheio de fome. Não vai ter nada pra comer? — perguntou um deles.

— Tô varado também.

— Somos três. — Bianca riu.

— Eu trago alguma coisa para vocês — falei, mudando a voz para que Bianca não me reconhecesse, mesmo com toda aquela gritaria da Catarse ao fundo.

Esperei que Bianca olhasse para mim. Seus olhos um tanto dilatados não demonstraram qualquer reconhecimento.

Seria fácil.

Animada, voltei para a cozinha em busca de comida. Encontrei uns salgadinhos e enchi a bandeja. Olhei para eles e tentei adivinhar qual apeteceria Bianca. A resposta era: qualquer um.

Não tão fácil assim...

— Droga!

— O que está fazendo? Não pode amontoar tudo desse jeito! — repreendeu o chefe dos garçons, se aproximando e ajeitando os petiscos de modo que formassem o desenho de uma flor ridícula.

Tão logo ele se satisfez, me empurrou para a festa. Parei logo na entrada. Peguei um dos frascos que havia guardado no bolso e tentei identificar o conteúdo pela cor. O problema foi que, com aquela luz tremulante, todos pareciam iguais.

Deixe-me explicar. Sou uma mulher prevenida e sempre carrego diversas fórmulas, coisas de que uma mulher pode precisar. Em geral, são para meu uso particular. Nunca se sabe que tipo de imprevisto pode acontecer.

Eu ainda estava em dúvida, por isso me espremi contra uma pilastra, me colocando diretamente sob um spot de luz na tentativa de obter um pouco mais de claridade. A mistura de um dos frascos me pareceu mais branca que as outras. Escolhi uma empada, afastei-a das demais e fiz um furo minúsculo na massa, derramando o pozinho dentro dela. Guardei o frasco no bolso junto com os outros, endireitei os ombros e mirei Bianca.

Fiz o possível para parecer relaxada e evitar que o andar de passarela me dominasse.

Passar despercebida, entregar a empada, nublar a cabeça de Bianca e dar o fora. Simples, limpo e eficaz.

Bom, teria sido, se aqueles universitários não fossem uns mortos de fome.

Antes que eu pudesse chegar a cinco metros de Bianca, fui atacada por umas trinta pessoas que só não levaram a bandeja porque eu a segurei com força. Não consegui identificar qual delas havia pegado a empada batizada. Porém, não demorou muito para que um rapaz magrelo começasse a se abanar e do nada tirasse a camiseta, se esfregando nas garotas mais próximas.

Um sorriso lento se espalhou por meu rosto. Aquele rapaz teria problemas. Iria arder até que aplacasse aquele fogo todo e, a julgar pelo jeito que as garotas o afastavam, suspeitei que ele teria uma longa noite insone. Era o que ele merecia, por ter estragado meus planos.

Ou me ajudado, se eu analisasse a situação de outra perspectiva.

É, eu me enganei com a fórmula e acabei usando a da luxúria.

Olha, eu poderia lhe dizer que não sei como aquilo foi parar na minha bolsa, mas nós dois sabemos que eu estaria mentindo, e essa não é a minha intenção. Às vezes uma garota, maior de idade e viúva, precisa dar uma mãozinha a certos assuntos. Não me julgue.

Tive que começar tudo de novo, e dessa vez encontrei umas tortinhas de maçã, além de mais empadas. Bianca tinha verdadeira obsessão por tortas de maçã, então separei a mais bonita e me esgueirei pelas sombras. Peguei os frascos de novo. Não dava para adivinhar qual deles era o que eu queria.

— Uni-duni-tê. — Selecionei um e polvilhei a mistura sobre a gosma brilhante.

A geleia absorveu o pó em instantes.

Estava guardando os frascos no bolso quando um empurra-empurra vindo da pista de dança me fez recuar, mas não a tempo. Um dos vidrinhos caiu e se espatifou no chão. Aquele que ainda estava cheio. Tudo bem, eu não iria precisar dele, se estivesse com sorte.

Consegui sair do tumulto e me aproximar do grupinho patético. Mal endireitei a bandeja e várias mãos surgiram à minha frente. Bati de leve na que se atreveu a tocar na torta batizada.

— Esta eu trouxe especialmente para a garota — falei, com a voz animada. — É a mais suculenta.

— Nham! Adoro coisas suculentas. Obrigada, fofonete. — E pegou a torta.

Seja franco, mesmo se eu estivesse tentando envenenar Bianca, você não poderia me culpar, poderia?

Prendi o fôlego ao ver Bianca levar o doce a boca. A massa calórica estava a centímetros de seus lábios entreabertos. Só mais um pouquinho e...

Um dos sete idiotas — o de pele de cappuccino, ombros largos, mãos grandes, olhar sedutor — inesperadamente se lançou sobre Bianca, deu um beijo rápido na boca da garota, roubou a torta e correu.

— Não! — gritei.

— Zóião! — repreendeu ela, rindo.

Mas ele já enfiara tudo na boca.

Observei aquele cretino mastigar e engolir. Eu não tinha mais nada na bolsa. Não pensei que precisaria de mais de uma tentativa. E, por causa daquele esfomeado, minha vida toda iria para o ralo.

Ah, sim, Bianca logo recuperaria a memória, se é que já não se lembrava de tudo. Ressurgiria das cinzas, como uma fênix. A imprensa amaria.

"Modelo dada como morta está viva e bem, morando numa república com sete homens lindos."

Falariam dela por semanas. Talvez meses! Bianca apareceria em todos os programas de TV. As revistas e jornais se estapeariam para conseguir uma exclusiva. Grifes se digladiariam para ter o rosto dela estampado em seus produtos. Ela seria a nova Menina Veneno. Fernando descobriria que eu menti uma ou duas vezes e me chutaria. A infelicidade liberaria centenas de toxinas em meu organismo, as células murchariam, e minha nota no Divina Proporção despencaria.

Maldita Bianca.

— Ainda bem que sobrou uma. — Bianca pegou a última torta.

Estarrecida, enraizada no piso, encarei o futuro decadente que me aguardava enquanto a pirralha dava uma mordida na torta de maçã Alguns farelos do amendoim triturado que decorava o doce caíram no chão.

E é aqui que eu queria chegar. O ponto principal de toda essa conversa. Quero que preste bastante atenção nesta cena. Ela é crucial, e foi o que trouxe você até mim. Mais tarde vai se perguntar se eu não adicionei algo naquela torta sem ter lhe contado — e não, eu não fiz isso. Relatei todos os meus passos, sem deixar nada a dizer. Quero apenas que você preste muita atenção agora.

Enquanto eu permanecia ali, como se tivesse os pés colados no piso, diante de minha ruína iminente, várias coisas aconteceram. Zóião colocou a mão na barriga e fez uma careta. Um homenzarrão, alguém que eu conhecia a vida toda, abriu espaço mancando entre as pessoas. Os olhos de Abel buscaram os meus, depois os de Bianca e um alívio desprezível inundou a face dele. Alívio esse que logo foi substituído pelo completo horror. Voltei minha atenção para a garota, para saber o que o deixara tão perplexo. Bianca arfava, as mãos na garganta. O rosto sempre pálido ganhou um tom rosado, depois vermelho, até chegar ao roxo.

— O que foi, Bia? — questionou Enzo.

— Bia, cê tá legal? — Samambaia deu alguns tapinhas nas costas dela.

A menina não conseguia proferir um único som, olhando desesperada de um para o outro.

— Biaaaa! — gritou Zóião.

Bianca não respondeu, apenas continuou arfando. Por um breve segundo seu olhar se deteve no meu, e naquele instante ele se parecia tanto com o de Henrique que algo dentro de mim se encolheu.

Sem entender o que estava acontecendo, vi o momento em que Bianca desistiu da briga. Seus olhos se reviraram. Então ela caiu no chão, morta.

A SUPERMODELO MALVINA NEVES É DETIDA NO INTERIOR DE MINAS GERAIS POR SUSPEITA DE ASSASSINATO!

ELA NÃO É UM ANJO!
O lado obscuro de Malvina Neves: assassina em série.

De rainha das passarelas à rainha da crueldade! O monstro alimentado por fama, sexo e drogas.

O TRISTE FIM DE MALVINA NEVES: FLAGRADA USANDO UM BONÉ BARATO.

Você já teve aquele sonho assustador em que não consegue se mover? Quer gritar ou correr, mas seus membros pesados e inertes simplesmente não respondem? Foi mais ou menos assim que me senti enquanto assistia a Bianca cair no chão.

Por quê?, eu me perguntava. Não que qualquer uma das minhas poções tivesse aquele efeito — bom, talvez uma, mas eu a havia deixado em casa —, no entanto, era surpreendente que ela estivesse morrendo por causa de uma simples torta de maçã.

Os sete amigos complicados se agacharam, cada um tentando tocar em uma perna ou um braço da garota. Uns a sacudiam, outros esfregavam sua pele, e alguém gritou por socorro. A galera na pista levou um tempo para entender o que estava acontecendo, e, quando todos pararam para observar, formando um paredão humano, me dei conta de que precisava me mandar dali.

Zóião pareceu pressentir minha intenção, se virou e me pegou pelo braço antes que eu conseguisse escapar.

— O que você colocou na torta dela? — Ele me sacudiu, fazendo meus dentes baterem.

Abel se juntou aos rapazes, sem jamais olhar para mim. E eu teria adorado um pouco de ajuda, já que Zóião tinha quase dois metros e ombros da largura de uma porta.

— Nada — falei, tentando me livrar das mãos dele.

— Colocou, sim! E na minha também. Pode ir abrindo o bico.

Ele me encarava como se soubesse que eu havia tentado fazer algo contra a garota. Ele não estava sob o efeito do meu especial "boa-noite, Bianca Neves" agindo daquele jeito. Então o que ele ingerira foi...

— Ela não está respirando — falou Abel para Enzo, depois de checar os sinais vitais da menina.

— Alguém liga pra emergência! — berrou Enzo para ninguém em particular.

— Ah, cara, se fizerem exames vão saber o que ela andou usando...

— Cala a boca, Zodaque, e liga pra emergência, porra! — rugiu Enzo, esfregando um dos pulsos da garota pálida caída no chão, o rosto tomado de preocupação.

— O que você fez com ela? — Exigiu Zóião.

— Nada! Você está me machucando. Me solta!

Mas ele não me soltou. Sobre o ombro dele, vi Abel se livrar da tipoia e começar a fazer uma massagem cardíaca desajeitada em Bianca.

— O que tá acontecendo? — perguntou alguém, surgindo por entre a muralha humana estarrecida.

Fernando.

Merda.

Só quando o vi ali, entre todos aqueles rostos preocupados, é que me dei conta de que a música havia cessado. Por um momento, temi que ele me reconhecesse, mas nem devia ter me dado ao trabalho. A atenção dele foi capturada pela menina no chão.

— Bianca? — Fernando se ajoelhou ao lado dela. — O que aconteceu?

— Ela não tá respirando — falou um dos sete idiotas.

— Ela tava de boa. Comeu essa torta e aí caiu do nada.

Saco. Aquilo estava ficando perigoso demais. Eu tinha que sair dali, mas aquele maldito moleque não largava meu pulso.

— Me solta agora antes que... — comecei.

— O quê? — Zóião me interrompeu. — Que você grite por socorro e chame a polícia? Vá em frente. Tenho certeza de que eles vão gostar do que tenho a contar sobre você.

— E o que você pode dizer? Que eu estava cumprindo com a minha função e servindo os convidados? Não seja ridículo.

Tentar trazer Zóião a alguma razão não estava adiantando, e as pessoas começaram a olhar para nós. Temendo que Fernando ou Enzo me reconhecessem (aí sim eu estaria encrencada), achei melhor parar de chamar tanta atenção e parei de lutar. Tinha que pensar em outro jeito de sair dali. Enquanto eu pensava, Fernando tomou a mão de Bianca, abrindo os dedos. Pedaços de massa e recheio de maçã caíram no piso áspero. Abel continuava pressionando as mãos no peito da garota.

— Deixa que eu faço isso — disse Fernando a Abel.

Como não estava conseguindo fazer a massagem cardíaca direito, Abel concordou, abrindo espaço para o músico.

— Não fiquem aí parados — vociferou Abel. — Ela precisa de socorro. Alguém já ligou para a emergência?

Os sete idiotas se entreolharam.

Impaciente, Abel não perdeu tempo e sacou o celular.

— Alô? Preciso de uma ambulância. É uma emergência...

Abel. Ele iria me tirar daquela confusão.

"Me ajuda" fiz com os lábios assim que ele encerrou a ligação e nossos olhares se encontraram. Para minha total perplexidade, ele balançou a cabeça. Abel não ia me ajudar a sair daquela enrascada. Ele *realmente* achava que eu tinha tentando matar a coisinha?

Fernando se posicionou perto da cabeça de Bianca. Aproximou a orelha do nariz dela, depois sentiu o pulso.

— O coração está batendo, mas ela não tá respirando.

Bianca ainda estava viva. Não sei ao certo se senti alívio ou pesar com a notícia. E não tive tempo de descobrir, já que Fernando tapou o nariz da menina e a beijou.

Bom, não, não foi um beijo propriamente dito. As bochechas de Bianca se inflavam enquanto ele soprava ar para dentro.

— Não tá passando. Tem algo obstruindo a passagem de ar — avisou, levantando o tronco da menina e a abraçando por trás.

— Eu vou arrebentar sua cara se você machucar ela — resmungou Zodaque.

— *Nós* vamos — completou Zóião, sem tirar os olhos (e a mão) de mim.

— Respira, Bia. Respira — incentivou Enzo, apertando as mãos com nervosismo.

O guitarrista os ignorou e deu início a manobra de Heimlich.

— Vamos lá, vamos lá, princesa — dizia ele, enquanto a apertava com vontade.

A cabeça de Bianca pendeu para a frente, os cabelos longos encobrindo o rosto pálido. Os ombros dela se agitaram conforme Fernando continuava trabalhando.

Depois de algumas sacudidelas, um pedaço de massa gosmenta voou longe, atingindo o tênis do Samambaia.

Fernando a deitou de novo no chão. Ela continuava imóvel, os olhos fechados. Ele voltou a fazer respiração boca a boca insistentemente, só que dessa vez pareceu mesmo um beijo. Um beijo completo, que não despertou nada em mim exceto a lembrança daquele que Abel havia... Não era hora de pensar em Abel.

Bianca inspirou uma grande lufada de ar, os olhos tremularam, mas ela continuou prostrada no chão. Ainda assim, ouvi um gemido de alívio coletivo.

— Consegue respirar? — perguntou Fernando, com gentileza.

Ela assentiu uma vez.

— A ambulância vai chegar logo, tá? Fica calma. — Ele afastou os cabelos dela para trás, e ela suspirou.

Aproximando-se, Abel se curvou sobre ela até seu rosto entrar no campo de visão de Bianca.

— O que aconteceu? — perguntou ele.

— Abel... — A voz dela saiu rouca. — Como você veio parar aqui?

— Não importa. Me conte o que aconteceu.

Porque ele não acreditava em mim. Porque só Bianca poderia lhe dizer a *verdade*. É, doeu sim. Um bocado. Mais do que se Abel tivesse dito que eu tinha celulite.

O que eu não tenho, é claro.

— A torta — murmurou Bianca. — Tinha amendoim. Senti o gosto.

O olhar de Abel se fixou em mim. Era frio, triste, decepcionado, e eu não consegui entender o motivo. A culpa era do amendoim e não minha. Ele não tinha ouvido? Por que continuava me tratando como se eu fosse a grande vilã?

Tentei me livrar da mão do Zóião outra vez, mas ele me segurou com mais força embora sua atenção agora estivesse em Bianca.

— E você é alérgica — concluiu Fernando por ela.

Bianca balançou a cabeça, concordando de novo.

Parece piada, não? E de muito mau gosto. Pois é, eu já havia lhe dito que perspicácia não é o forte de Bianca. Se você é alérgico a algum tipo de alimento, deve perguntar do que é a comida antes de enfiar tudo na boca, certo?

E foi aí que eu entendi porque Abel me dirigia aquele olhar zangando. Muito zangado. E decepcionado.

"Eu não sabia", fiz com os lábios. "Eu não sabia! Juro!"

Eu realmente não tinha ideia de que a menina era alérgica. Como poderia, se nunca me interessei em saber mais sobre ela? Abel não podia me culpar por isso. Era injusto.

— É provável que ela quase tenha entrado em choque anafilático — explicou Fernando a Abel. — O corpo deve ter impedido a passagem do alimento, o que foi a sorte. Se tivesse chegado ao estômago, não teria tempo de ser socorrida. Minha irmã também tem alergia alimentar. É complicado.

Bianca respirou fundo e mirou os olhos dele.

— Eu conheço você... — Ela sorriu para Fernando.

— Já nos vimos antes, sim. Na academia.

— Você pediu meu número, mas nunca ligou. Achei que ia ligar, pensei que tivesse acontecido um lance diferente entre a gente, mas você não ligou.

— Eu liguei. Pergunte para sua irmã, afinal, foi o número dela que você me deu. Você estava na casa de um dos seus namorados. — Ele olhou para os sete amigos complicados. Um por um. Incluindo Abel, que não percebeu porque ainda me encarava com o rosto se tornando mais e mais sombrio a cada instante. Por que Fernando simplesmente não calava a boca?

— Eu não tenho irmã — afirmou Bianca.

— É claro que tem. Você estava na academia com ela. E lá vamos nós...

— Quem... Ah! Aquela era a Malvina. Ela não é minha irmã, é minha madrasta.

— O quê?! — Fernando engasgou.

— Malvina era a mulher do meu pai. Abel pode confirmar. Ele é motorista dela.

Fernando olhou para Abel, que concordou, assentindo apenas uma vez, aquele olhar fixo em mim agora queimava com fúria.

— Mas por que ela mentiria? — indagou Fernando.

— Provavelmente porque ela estava a fim de você. Malvina sempre desejou tudo o que é meu.

Vê como ela distorce a verdade? Percebe como manipula os fatos para que seja a vítima? Fernando nunca foi dela. Eu o vi primeiro. Ela é quem sempre desejou tudo o que era meu, e isso incluía Henrique. A menina nunca se conformou por ter que viver com a mãe depois do divórcio dos pais, até a mulher acabar morrendo durante uma lipo, então Bianca enfim pôde se mudar para a casa do Henrique. Só que eu me casara com ele. Como nos víamos pouco devido a nossa profissão, cada um sempre em um canto do mundo, quando estávamos em casa procurávamos passar o maior tempo juntos. E Bianca queria o pai só para si.

Sim, você está certo, eu fervilhei de raiva naquele momento, mas aquele maldito rapaz ainda me segurava, e eu não queria que ninguém me reconhecesse, por isso fiquei quieta e deixei que eles continuassem falando. Não foi nada fácil, isso eu garanto.

— Ela disse que você estava na casa de um dos seus namorados — contou Fernando.

Bianca espiou os sete amigos complicados e desviou o olhar.

— Nunca tive namorado.

Os caras da faculdade se puseram a olhar para o outro lado, para o teto, o chão ou as unhas. Apenas Enzo parecia chateado com a declaração.

Abel se levantou. Não sei bem no que ele estava pensando, mas era nítido que algo dentro dele havia se apagado. Com o coração doendo, percebi que era seu amor por mim.

— Ela me enganou, então — murmurou Fernando. — Não acredito.

— Malvina é ótima nisso — contou Bianca com raiva. — Minha mãe sempre dizia que ela não tinha caráter. Nem poderia, já que passou a vida toda num orfanato. Conviver com ela me mostrou que mamãe estava certa. Malvina sempre quis tirar tudo o que era meu. Mamãe tinha medo de que ela convencesse o papai a passar tudo o que tinha para o nome da Malvina e que depois ela desse um fim nele.

• 169 •

Ah, enfim você começa a ver a verdadeira Bianca Neves.

Espera. Vai ficar ainda melhor.

Apenas para sua informação, Henrique e eu nunca discutíamos sobre dinheiro — ambos tínhamos em abundância. O que havia para dizer? Além disso, ele não pretendia morrer. Nunca tocamos no assunto testamento. E o mais importante de tudo: eu jamais faria qualquer coisa que o deixasse infeliz. Era o mínimo que eu podia fazer em retribuição a tudo o que ele me proporcionara, já que eu não consegui me apaixonar por ele. Eu planejar qualquer mal contra Henrique era tão possível quanto beijar um sapo e ele se transformar em príncipe.

Agora voltemos a Bianca e sua carinha de vítima.

— Ela me fazia passar fome! Nunca tinha nada em casa além de frutas e legumes, ou sopa. Muitas vezes fui dormir com o estômago roncando.

— Nossa! — Fernando franziu a testa.

— Pois é. Ela é perversa. Ela... — Balançou a cabeça, apertando as pálpebras. — Não, você não vai acreditar em mim.

— Ela o quê?

Ela abriu os olhos e o fitou com o mais puro horror.

— Ela pretendia me matar. Sempre desconfiei disso. Malvina tem um quarto secreto. Uma vez entrei lá sem que ela soubesse. Ela tem um laboratório clandestino. Acho que ela ia me envenenar para ficar com tudo.

— Meu Deus! Isso é muito grave!

Abel despertou do seu transe e começou a se afastar.

— Abel, por favor, espera! — chamei, e naquele momento, perturbada com as mentiras de Bianca e com a situação em que eu me encontrava, me esqueci de disfarçar a voz.

Enzo se inclinou para o lado para me ver, já que seu amigo, com seu tamanho avantajado, me bloqueava.

— Vitória...?

É, eu sei. Você já entendeu que vou me dar mal. Vamos terminar logo com isso.

Abel continuou andando, se espremendo entre as pessoas que haviam parado para assistir à cena. Algumas cabeças se viraram em minha direção. Inclusive as de Bianca e Fernando. O guitarrista deu um pulo.

— Malvina!

— Eu sabia! — Bianca se sentou, o rosto contorcido pela raiva. — Sabia que você tinha alguma coisa a ver com isso. Você tentou me matar com amendoim!

— Não seja ridícula! Eu nem sabia que você era a alérgica a amendoim — retruquei.

— Você tentou me matar! Você me envenenou!

Revirei os olhos.

— Ah, por favor! Se eu tivesse a intenção de te matar, a essa altura você já estaria morta. Oportunidades não me faltaram.

— O que colocou na comida dela? — Fernando exigiu saber, assumindo uma postura protetora.

Sabe, pensando bem, aquele cara não tinha *nada* de atraente. Nem sei por que perdi meu tempo com ele. Honestamente.

— Na dela... nada. — E abri um sorriso enorme para Zóião.

Eu sei reconhecer quando estou ferrada, então não havia razão para não me divertir.

Zóião, que ainda me segurava, levou a mão livre à barriga.

— Sabia! Tem alguma coisa errada comigo. Puta que pariu! Ela me envenenou! — O rapaz foi ficando meio verde e cambaleou. — Ah, cara, minha vida tá passando diante dos meus olhos...

Aproveitei a distração e me livrei dele. Disparei em direção à saída. Se eu chegasse até o carro, poderia sair dali e nenhum deles conseguiria provar nada. Trombando nas pessoas, consegui avistar o portão de ferro aberto e acelerei. Eu estava a cinco passos da saída quando Enzo surgiu do nada e colidi em cheio com ele.

Perdi o equilíbrio e caí. Ele se aproveitou disso, se jogando em cima de mim e me prendendo ao chão. As pessoas se afastaram, mas apenas o suficiente para continuar assistindo ao espetáculo.

— Me deixa sair. Eu não fiz nada! — Eu me contorci sob ele.

— Fez, sim, senão não estaria fugindo.

— Bianca está inventando coisas. Juro que não tentei matar ninguém. Era só laxante. Seu amigo vai ter uma baita dor de barriga e só. Me deixa sair.

— Você queria machucar a Bia. — Seu semblante continha raiva e algo mais.

— Ah, qual é? Para de bancar o namoradinho dela. Acha mesmo que tem alguma chance com a Bianca?

Qualquer um de vocês? Olha pra ela, Canjica. Repara no jeito como ela se derreteu para aquele músico. Ela vai dar as costas pra vocês e nem vai se dar ao trabalho de dizer um tchauzinho. Ela vai te descartar pra ficar com o cara rico.

— Ela não é assim. — Mas suas sobrancelhas se franziram.

— Então senta e assiste! — Meu peito subia e descia rápido demais.

O olhar dele se deteve nos movimentos da minha caixa torácica. Ou em outras partes da minha anatomia, para ser mais exata.

Bem...

— Vem comigo, Canjica. — Eu me remexi em baixo dele devagar. Homens naquela idade eram tão fáceis de ludibriar. — Só quero sair daqui. A gente pode conversar com calma num lugar mais sossegado. Eu deixo você dirigir o Veyron!

Os olhos dele cintilaram. Se pela oferta do carro ou meu convite despudorado, não tenho certeza. Ele estava estudando a proposta, percebi, já que seus dedos se contraiam e relaxavam de leve em meus punhos presos ao chão.

É como eu disse logo no começo. Todo mundo tem um lado bom, e outro não tão bom assim. Você só precisa identificar qual é o predominante, e aproveitar o momento certo.

Infelizmente, nunca vou saber qual era o lado predominante do Enzo porque as mãos grandes de Abel seguraram o rapaz pelo colarinho e o jogaram longe. A multidão abriu caminho, e Enzo acabou batendo contra uma caixa de som.

Abel me estendeu o braço.

— Eu sabia que você não me abandonaria — falei, agradecida, aceitando a ajuda para ficar de pé.

— Você está errada, Vitória — sentenciou ele numa voz apática.

Sirenes altas ecoaram do lado de fora do salão, a luz vermelha piscante da ambulância refletida no mar de rostos estarrecidos. Meu coração bateu rápido.

— Não tentei matá-la, Abel. Eu não sabia da alergia a amendoim. Não sabia! Só quis fazer com que ela continuasse sem memória!

Uma expressão de dor profunda atravessou seu rosto.

— Isso é ainda pior, Vic. Você quer esquecer quem você é, mas, para a maioria das pessoas, isso é pior que a morte. Esquecer o que viveu, quem conheceu, as experiências que compartilhou. Por mais dolorosas que sejam, são essas lembranças que fazem alguém ser o que é. Esquecer tudo é como perder a alma. Foi assim que você acabou perdendo a sua.

Parece que Abel havia escolhido aquela noite para me magoar. Ele sempre foi franco, mas nunca tão duro comigo. E a explicação para isso ameaçou me tirar o fôlego.

— Abel...

— Não temos tempo pra isso. — Ele sacudiu a cabeça, impaciente. — Você não pode esperar. É melhor fugir agora, enquanto ainda há tempo. Ouvi um daqueles caras ligando pra polícia.

Naquele momento, uma maca passou zunindo ao nosso lado. Outra sirene, mais alta e mais estridente, se aproximava. Eu sabia que devia me apressar, mas não consegui me mover.

Eu o perdi, era tudo em que eu conseguia pensar. Mesmo tendo feito tudo o que podia para manter Abel em minha vida, eu acabei o perdendo.

— Vai, se mexe! — ordenou, me empurrando em direção à saída de emergência, na lateral esquerda.

— Eu só queria manter minha vida como era antes — resmunguei, entorpecida.

— E eu só queria que você me amasse. A vida é injusta. Você já deveria saber. — Ele me levou pelo piso liso até a saída de emergência entrar em nosso campo de visão. — Agora corre. A polícia vai querer falar com você. É melhor aparecer só quando a poeira baixar.

Um pensamento bastante incômodo começou a martelar minha cabeça. Parei de andar para ver seu rosto. Abel me arrastou mais alguns metros, mas por fim desistiu, bufando.

— O que diabos você tá fazendo agora? — grunhiu.

— Você veio por ela, não foi?

Deixando escapar uma gargalhada que era parte gemido, parte desespero, ele esfregou a testa.

— Todos esses anos não serviram de nada, não é? Você ainda não entendeu.

— Não entendi o quê?

— Eu vim aqui tentar impedir que você se metesse em encrenca. É o que eu faço desde sempre. — Abriu os braços, desamparado. — Mas cheguei tarde.

Alívio varreu meu corpo.

A maca passou à toda, levando Bianca. Fernando corria ao lado dela. Segurando sua mão. Não estávamos longe e pude ouvir ela questionar, interessada como nunca:

— ... uma Hayabuza, é?

— Branca.

— Legal.

Enzo Canjica se aproximou da dupla.

— Vou com você, Bia.

— Não precisa. O Fernando vai me acompanhar.

— Mas...

— Você disse que fechou contrato com uma gravadora grande? — perguntou ela ao músico, ignorando Canjica.

Enrijecendo os ombros, Enzo derrapou no piso, e assistiu ao casal desaparecer pelas portas duplas, o choque evidente em seu rosto.

— Agora não é o melhor momento para termos essa conversa — disse Abel, voltando a me empurrar para as portas de emergência.

— Por que está fazendo isso, Abel? Por que está me deixando ir?

Dessa vez foi ele quem se deteve. Eu prendi o fôlego quando vi seu braço se erguer para tocar minha bochecha com as costas da mão.

— Me magoa muito que você ainda precise perguntar. Eu te amei tanto, Vic. Amei mais do que qualquer um poderia amar. Cheguei a pensar que um dia você se daria conta de que me amava também. Quando eu a beijei na noite passada, pensei que tudo mudaria, como nos contos de fadas que você lia pra mim no abrigo. — Ele deixou a mão cair. — Eu já deveria saber que não seria assim com você.

— Não desista de mim ainda, Abel — falei, em pânico. Eu não suportaria perdê-lo. Todo o resto eu poderia encarar, mas Abel... Não, ele era meu porto seguro, era meu... meu... Era meu. Sempre foi. — Olha, eu posso tentar ser boa. Posso fazer você deixar de me odiar. Eu posso...

Ele me impediu de continuar, colocando o indicador nos meus lábios.

— Você não é má, Vic. Apenas faz péssimas escolhas. Eu bem que gostaria de ser capaz de te odiar. — O dedo deslizou, preguiçoso, por meu lábio inferior. Seu olhar grudou em minha boca. Meu batimento acelerou tanto que eu temi sofrer uma parada cardíaca. Mas então ele balançou a cabeça e quebrou o contato. — Mas você foi longe demais dessa vez. Tão longe que eu não consigo mais alcançá-la.

Em desespero, fiz a única coisa que me ocorreu naquele momento. Eu o beijei. Apoiei as mãos nas laterais de seu rosto e grudei minha boca na dele. E se por um momento você pensou que Abel estava tão magoado a ponto de não corresponder, sinto informar, você acertou.

Eu o soltei, me afastando alguns passos, a respiração curta, dilacerada por sua indiferença. Ele manteve os olhos fechados, o cenho encrespado, lutando contra algo que eu não era capaz de ver. Até que por fim os abriu. Não gostei do que vi.

Aquilo era... era... uma despedida?

— Se cuida... Malvina.

Ouvir o nome que eu escolhera em seus lábios fez lágrimas gordas anuviarem minha visão.

— Não me chame assim. Nunca me chame assim — sussurrei, pegando-o de surpresa.

Mas não importava o que eu dissesse. Nada faria Abel mudar de ideia. Quando ele tomava uma decisão, seguia com ela até o fim do mundo, mesmo que isso o rasgasse ao meio.

Passando os braços ao redor do corpo, eu lhe dei as costas e mirei o retângulo verde iluminado sobre a porta de emergência. Coloquei a mão na barra de ferro e a abri. A brisa noturna espiralou em meu rosto, me saudando. Assim como fez o policial parado do lado de fora, com o cretino do Zóião do lado.

— É ela! — apontou o rapaz.

Eu recuei, olhando para trás. Abel estava a poucos passos de mim, o rosto tomado de medo. Entendi o motivo ao ver outro policial bloqueando a saída principal. Eu não ia conseguir sair. Puta merda.

— Vamos lá, moça, parece que a senhorita tem algumas explicações a dar. — O PM passou pela porta de emergência e colocou a mão pesada no meu ombro, me virando.

Algemas surgiram. Abel deu um passo à frente, mas eu balancei a cabeça. Ele hesitou e pareceu disposto a ignorar minha ordem.

— Está tudo bem. Eu não fiz nada de errado. — Olhei uma última vez para ele, esperando que ele lesse em meus olhos tudo aquilo que eu não conseguia explicar. Tudo aquilo que eu sempre senti e era dele, só dele e de mais ninguém. Acho que ele entendeu, porque um gemido angustiado escapou de sua garganta.

— O delegado vai gostar de ouvir sua história — resmungou o policial, ao apertar as algemas ao redor do meu pulso.

Então eu fiz o que sei fazer de melhor. Coloquei uma expressão inocente na cara e dei início ao show.

— Ah, não sei, não — respondi —, especialmente se eu contar sobre esses seus modos poucos cavalheirescos. — Sacudi os ombros e a cabeça.

O boné, já meio solto por causa da batalha com Enzo (e do beijo com Abel) caiu, revelando meu rosto.

O homem fardado arregalou os olhos.

— Uau! Você não é aquela modelo supergata? A Menina Veneno?

— Você me reconheceu. Que gracinha! — Sorri como se ele fosse um par de sapatos Manolo Blahnik. O pobrezinho não estava preparado e por uns bons trinta segundos tudo o que foi capaz de fazer foi piscar e prender a respiração.

— Nossa! Uau! Eu... — Soltou o ar com força. — ... sou um grande fã seu.

— Obrigada, senhor policial. Fico feliz que goste do meu trabalho.

— Adoro! Você é tipo... a mulher mais perfeita que já existiu.

— Você é muito gentil. — Baixei os olhos em uma imitação muito boa de alguém constrangida.

— Não acredito que você está usando minha algema! Será que eu posso tirar uma foto? — Ele pegou o celular no bolso.

— É claro, meu bem. — Pisquei algumas vezes, acompanhando-o porta afora sem olhar para trás.

— Sério? Minha mãe não vai acreditar! — continuou o homem enquanto me conduzia pela lateral do prédio.

— Ela também te adora, sabe? Poderia posar em frente à viatura? E fazer aquele olhar de Menina Veneno?

— Qual, esse?

Ele perdeu o fôlego.

— Ah, cara. Você é ainda mais perfeita pessoalmente... Com todo o respeito, é claro.

O que era muito lisonjeiro, já que eu estava sem maquiagem.

Assim que passamos pelo portão e chegamos à calçada onde ele havia embicado a viatura, fiz umas poses. Depois ele passou os braços pelos meus ombros e fizemos algumas selfies. Assim que ele se satisfez, muito galantemente abriu a porta do carro e até fez uma leve reverência para que eu entrasse.

— Obrigada, policial...

— Cabo Cristian Estefani. — Estufou o peito para mostrar a tarjeta de identificação em sua farda. — Mas pode me chamar apenas pelo nome, se quiser.

— Cristian? Não acredito! Esse é um dos meus nomes favoritos!

— Sério?

— Sim! É o nome de dois dos meus estilistas mais queridos. Louboutin e Dior! Acho que vamos nos dar muito bem, Cristian — acrescentei, batendo as pestanas.

— E-eu adoraria q-que isso acontecesse. — Suas bochechas adquiririam um profundo tom rosado.

Ele tocou meu braço para me ajudar a sentar na parte traseira do carro. Antes de entrar na viatura, porém, olhei ao redor e encontrei Abel, paralisado na porta do galpão, assistindo à cena de longe. Sorri desanimada para ele, dando de ombros. Ele não retribuiu. Então examinei as pessoas que se aglomeravam ali na frente e fiz uma pequena mesura, agradecendo a audiência, antes que os holofotes da minha vida glamorosa se apagassem.

15

ELA ESTÁ VIVA!
Bianca Neves está viva e fala sobre o pesadelo que viveu nas mãos da madrasta.

Malvina Neves tentou matar a enteada morta. Fotos exclusivas da prisão da ex-rainha das passarelas.

BIANCA NEVES ESTÁ VIVA,
contra a vontade da madrasta:
"Ainda estou em choque.
Eu amava Malvina como uma mãe."

A RAINHA MÁ!
Saiba todos os detalhes chocantes da tentativa de Malvina Neves de assassinar a enteada dada como morta.

restante da história você já deve ter ouvido. Saiu em todos os jornais e revistas.

O fato de o delegado ter encontrado dois frascos suspeitos no bolso da minha calça depois que fui levada para a delegacia complicou as coisas. Expliquei a ele que não eram venenos, mas mesmo assim as embalagens foram enviadas para análise. Também foi feita uma busca na cobertura e meu pequeno laboratório foi encontrado.

A imprensa se deleitou com tudo isso, mas se *esqueceu* de divulgar os resultados das amostras, que apontavam apenas substâncias inofensivas: um laxante e um "revigorante". Cá entre nós, o delegado se interessou muito por esse último, mas vamos deixar isso pra lá.

Por causa de toda a exposição negativa, minha carreira foi para o ralo. Nenhuma marca queria seu nome vinculado ao meu, de modo que todos os meus contratos foram cancelados; com o Menina Veneno, com a L'Oréal, com a Victoria's Secret e até com a agência.

As pessoas influentes com quem eu me relacionava de repente estavam ocupadas demais para falar comigo e se afastaram. Não posso culpá-los. Eu teria agido da mesma maneira. Cheguei a procurar por Tiago Huck — ele era rico, talvez pudesse me ajudar de alguma maneira, mas nem ele nem o Júnior estavam mais na marina.

Bianca se tornou a modelo do momento. Argh! Aquela coisinha irritante abriu um processo contra mim, alegando tentativa de homicídio. Todos os meus bens foram bloqueados até que o caso fosse julgado, e é por isso que estou trabalhando aqui nesta lanchonete gordurosa. Um emprego fixo ajudará a me inocentar, meu advogado afirma, por isso tratei de aceitar a primeira coisa que me ofereceram. Mas é um pesadelo. Volto para casa fedendo a batata frita e juro que, quando deito na cama, ainda escuto o zumbido da coifa e o *plim* da caixa registradora.

Ah, esqueci de mencionar que Bianca e Fernando estão morando juntos na cobertura. Tão previsível... É claro que a mídia enlouqueceu com isso. A princesa da moda e o príncipe do rock juntos é ouro puro. Fotos dos dois estamparam a maioria das capas de revistas de fofocas. Você deve ter visto algumas. A minha predileta é a que os dois estão agarradinhos fazendo coração com a mão. Não dá pra ser mais patético que isso, dá?

A única coisa boa é que ela acabou de fazer aniversario, então assim que o processo acabar e a justiça devolver meus bens, poderei riscar aquela coisinha sem graça da minha vida de uma vez por todas.

Soube que Enzo e os outros rapazes tentaram entrar em contato com Bianca, mas ela fingiu que não os conhecia. Também perdi minha esteticista. Jaqueline ficou bem furiosa comigo, ainda mais porque o filho parece ter desenvolvido uma paixonite por mim — ou pelo Veyron.

Como eu disse antes, isso é vida real, e não conto de fadas. E como a vida tem humor negro, hoje estou morando na casinha caindo aos pedaços da Sarina. É tão apertada que tive que acomodar minhas roupas em caixotes de feira, que ficam empilhados em um canto do quartinho de 2x2 metros. Mas não reclamo muito. Ao contrário de Abel, ela ficou do meu lado o tempo todo, e em momento algum duvidou da minha palavra, o que não me isentou de levar um esporro no maior estilo dramalhão mexicano. Acho que ter uma família deve ser parecido com isso.

Quanto a Abel... Sim, aquele homem lindo sentado ali no fundo, me olhando fixo enquanto come... Ok, pare de olhar! Não quero que ele pense que estamos falando dele. Ele já deve estar curioso o suficiente com essa nossa conversa. Não sou de fazer isso, sabe? Ele deve estar louco pra saber de que tanto falamos. Mas é claro que não vai me perguntar nada porque ele cumpriu sua promessa. Abel saiu da minha vida, nunca mais falou comigo.

Bom, mais ou menos.

Depois que o mal-entendido foi explicado e o delegado me liberou para voltar para casa, encontrei seu quarto vazio, a carta de demissão na cama. Os vinte metros quadrados me pareceram uma imensidão silenciosa.

Sarina me contou que ele arranjou outro emprego como motorista de um velho rico que quase nunca sai de casa, então agora tem bastante tempo livre. E o aproveita vindo a esta lanchonete decadente. Todo santo dia, na hora do almoço, faça chuva ou faça sol.

Ele sempre espera na fila do meu caixa, mesmo que outros estejam livres. Porém, nunca trocamos mais que poucas palavras, todas relacionadas ao pedido. *Com ou sem catchup? Com mais dois reais você leva a batata grande, não quer aproveitar?*

Eu sinto muita falta dele.

Só teve uma vez em que Abel não me respondeu com um simples sim ou não. Foi ontem, depois que dei o troco a ele. Eu perguntei se ele queria que eu levasse o pedido na mesa, pois a lanchonete estava cheia.

— Não estou com pressa. — Ele deu de ombros. — Posso esperar aqui.

Então eu disse:

— Tudo bem.

— Está mesmo, Vic? — E, por um instante, desejei que o tempo voltasse e eu pudesse ter agido diferente com ele.

Mas o tempo não volta, assim como nossas atitudes, e tudo que se pode fazer é aprender a conviver com nossas escolhas. Então eu sorri e respondi:

— Vou ficar. Sou uma sobrevivente, lembra?

Um dos cantos de seus lábios bem-desenhados se ergueu de leve, num meio sorriso que eu conhecia a vida toda. Mas ele se recompôs depressa, como se tivesse feito algo errado e decidiu esperar na mesa, de costas para mim.

Hoje voltamos ao padrão *com ou sem catchup*. Mas, sei lá, pode ser que um dia ele me perdoe e volte a pelo menos ser meu amigo.

E, sabe, eu não menti para ele. Estou mesmo bem. Juro. A verdade é que fui abandonada por quem deveria ter me protegido e ensinado o jeito certo de se levar a vida. Tive que descobrir tudo sozinha. Se errei ou acertei, não é a questão.

Eu consegui. Eu sobrevivi. Eu venci.

E depois perdi. Mas a vida é assim, certo? Às vezes a gente ganha, às vezes perde. É como diz o ditado. Não há nem tristeza nem felicidade que dure para sempre. Estou por baixo agora, como você pode ver — eu sei, este uniforme não cai bem nem em mim, e isso diz muita coisa —, mas esta situação também é temporária. Vou recuperar meus bens e meu status em breve. Você pode apostar sua vida nisto: vou voltar ao topo. Até já tenho um plano...

... Mas isso vai ter que ficar para outra hora. Meu horário de almoço terminou. Lamento.

Agora você sabe o que realmente aconteceu. Fui franca como jamais havia sido. Não ocultei nenhum detalhe, por mais embaraçoso que tenha sido para nós, e espero que eu tenha conseguido esclarecer todas as suas dúvidas e que sua opinião sobre mim seja um pouco mais justa. Eu cometi erros, sim e, como você pode testemunhar, estou pagando por eles. Mas a meu ver, isso não faz de mim um monstro — como a imprensa gosta de acrescentar logo após citar meu nome —, apenas humana.

De toda forma, fico feliz que você tenha vindo aqui para termos esta conversa. Foi quase divertido. Volte outras vezes, se quiser. A gente pode conversar mais, só que agora eu realmente tenho que voltar — a gerente e eu não nos damos muito bem. Desconfio que ter dito a ela que uma cinta modeladora faria maravilhas com sua aparência tenha algo a ver com isso. Ela não é muito boa em aceitar críticas construtivas.

Ok. Até logo, meu bem.

Oh! Espere! Antes de ir, tem certeza de que não quer que eu lhe sirva alguma coisa? Pela paciência em me ouvir... É por conta da casa. Uma tortinha de maçã, talvez?

Epílogo

A NOVA REALEZA DO MUNDO DAS CELEBRIDADES!
É oficial! A princesa da moda, Bianca Neves e o príncipe do rock, Fernando Floriano estão morando juntos! "Estamos loucamente apaixonados."

A modelo que conquistou o Brasil com sua doçura e beleza agora conquista o mundo. Bianca Neves é a nova Angel da Victoria's Secret!

Bianca Neves e Fernando Floriano são vistos passeando de mãos dadas por Milão após encerramento da Fashion Week! O guitarrista está se preparando para dar início à turnê mundial da sua banda.

O SAPATO MAIS DESEJADO do momento é assinado pela grife Louboutin e tem uma lista de espera de até seis meses. A preciosidade foi inspirada na bela modelo brasileira Bianca Neves! Saiba como conseguir entrar nessa lista para conseguir o seu Blanche Neige.

Vem babado forte por aí!

Malvina Neves, a ex-rainha das passarelas, confirma participação em um reality show com estreia marcada para o próximo semestre e avisa:
"Não terminei ainda. Podem esperar muito de mim."

Agradecimentos

Eu não sabia que trabalhar com uma vilã podia ser tão incrível e divertido, por isso aqui vai um imenso obrigada a:

Minha querida editora, Ana Lima, pelo presente delicioso que foi este projeto!

Todos da Galera Record, que deixaram este livro tão lindo e reluzente. Em especial Rodrigo Austregésilo, Marcela Oliveira e Leonardo Iaccarino!

Meus dois amores, Adriano e Lavínia. Sem o apoio e o amor de vocês eu não seria capaz de ir tão longe. Obrigada, obrigada, obrigada!

E você, meu querido leitor, que curtiu tanto a Malvina que pediu um pouco mais dela. (Obrigada por isso! Espero que tenha se divertido lendo este livro tanto quanto eu me diverti escrevendo!)

Este livro foi composto nas tipologias
Bodoni BT, Helvetica Neue LT Std, ITC
Souvenir Std, SkullZ, Sortdecai Handmade
e Times New Roman, e impresso em papel
off white, no Sistema Cameron da Divisão
Gráfica da Distribuidora Record.